JN306284

二見文庫

二人の叔母

葉月奏太

目次

二人の叔母

第一章　ある夜の出来事

1

ドアが開く微かな音が聞こえた。

坂田康介《さかたこうすけ》の意識は、深い眠りの底からわずかに浮上した。

まだ頭はぼんやりしている。体を起こす気にはなれないが、ベッドで仰向けになったまま薄く目を開けた。

カーテン越しの月明かりが、見慣れた自分の部屋をぼんやり照らしている。真夜中だというのに、誰かが部屋に入ってきたのが目に入った。

（……母さん？）

静かにドアを閉めて、ゆっくりベッドに歩み寄ってきた。

逆光になっており顔は見えないが、白くて艶のあるパジャマの肩に、黒髪がさらりと垂れかかっていた。

寝惚けた頭で母親の桜子《さくらこ》だと考えた。

こんな時間に、いったいどうしたというのだろう。日頃から勝手に部屋に入らないでくれと言ってある。母を嫌っているわけではないが、十七にもなればプライバシーを気にするのは当然だった。

意識が徐々にはっきりしてくる。

寝たのは確か十一時過ぎなので、すでに零時をまわっているのは間違いない。明日は始業式だというのに、これでは寝坊してしまう。高校三年の初日から瞼《まぶた》を腫らして遅刻するのは格好悪かった。

（なんで起こすんだよ）

不満がこみあげてきたとき、パジャマのシルエットがベッドの脇まで迫り、康介の顔を覗きこんできた。

起きているとわかったら、なにか話しかけてくるに違いない。眠かったので瞼を落として薄目の状態にした。

視線を感じる。なにをまじまじ見ているのだろう。

用事があったから、こうして部屋に入ってきたのではないか。急用なら起こすはずなのに、なぜか見ているだけだった。康介がぐっすり寝ていると思って、遠慮しているのだろうか。

試しに寝返りでも打ってみようか。そんなことを考えていると、母らしき影はベッドの脇にすっとしゃがみこんだ。

(え……?)

思わず体に力が入った。

なにをするのかと思えば、掛け布団のなかに手を忍ばせてきたのだ。柔らかい手のひらが、パジャマの上から胸板に触れている。どういうつもりなのか、さっぱりわからない。起きていることを伝えるべきかもしれないが、話しかけるタイミングを失ってしまった。

大胸筋の厚みを確かめるように、そっと撫でまわしてくる。そして、手のひらはゆっくり腹部へとさがりはじめた。

(な、なんだ?)

やはり、寝ていると思いこんでいるらしい。慎重な手の動きは、起こさないようにするためか。康介の困惑は大きくなるばかりだ。

息子の成長を確かめようとしているのだろうか。だが、もう小さな子供ではない。母親とべたべたする年ではないし、夜中に忍びこんでくるのも不自然だ。とにかく、普通ではなかった。

(どうしちゃったんだよ?)

康介は仰向けの状態で固まっていた。

唯一思い当たるとすれば、父親のことだ。

先週、父親が亡くなったと連絡があった。とはいえ、幼い頃から留守がちで、しかも離婚から四年も経っている。父親が病死したと聞いても、正直なところぴんとこなかった。

母は三十五歳だ。まだまだ若いが、もう結婚する気はないのか、周辺に男の気配はいっさいなかった。別れたとはいえ、元夫の死が思った以上に応えているのかもしれない。

(それで、こんなことを……?)

いろいろと思いを巡らせている間も、手のひらは体を触りつづけている。腹からさらにさがり、ついにはパジャマの股間に重ねられた。

「んぅ……」

途端に全身の筋肉がこわばった。

(ちょ、ちょっと、母さん?)

まさか、そこまでされるとは思いもしない。服の上からとはいえ、人に触れられるのも初めてだった。

(どうして、こんなことを?)

混乱して考えがまとまらない。パジャマ越しに陰茎を撫でられて、もはやパニックを起こす寸前だった。

どう考えても、あのやさしい母のすることではない。いったい、なにが起こっているのだろう。もしかしたら、自分はまだ眠っているのではないか。まだ夢を見ているだけなのではないか。

(違う、これは夢じゃない……うぅっ)

手のひらはゆったり動いて、布地の上からペニスを擦っていた。この感触は間違いなく現実だった。

どうすればいいのだろう。とりあえず寝たふりをつづけようと思っても、送りこまれる感覚は誤魔化せない。若い体は敏感に反応して、こんな状況だというのに男根が膨らみはじめてしまう。

股間をスリッ、スリッと擦られるたび、快感電流が走り抜ける。自分でしごくよりもずっと気持ちいい。人に触れられるのが、これほどの快感だとは知らなかった。心のなかで鎮まれと念じるが、押し寄せる愉悦の波を抑えられない。陰茎が硬直して、ズボンの生地を押しあげた。

(ま、まずい……まずいぞ)

童貞の康介にとって、勃起を人に知られるのは究極の羞恥。しかも、触れているのは母親という、あり得ない状況だった。顔が熱く火照り、逃げだしたい衝動がこみあげた。

「くぅっ」

そのとき、男根を布地ごと握られて、腰に小刻みな震えが走った。

慌てて奥歯を食い縛るが、唇の隙間から微かな呻き声が漏れてしまう。ペニスの先端からは、大量の先走り液が溢れだしていた。

もう、起きていることは、ばれているに違いない。その証拠に、股間をまさぐる手の動きに、遠慮がなくなっていた。

竿に巻きついた指が、ゆったりスライドする。快感が大きくなり、とてもではないがじっとしていられない。両脚がつま先までピンッと伸びて、腰が右に左に揺れはじめた。

それでも、康介は寝たふりをつづけていた。身を潜めて、薄目でじっと目を凝らしていた。

「くっ……ううっ」

喉もとまで呻き声がこみあげている。どうすればいいのかわからず、両手でシーツを握り締めた。

このままではいけないと思いつつも快楽に流されてしまう。この愉悦を少しでも長持ちさせたい。初めて他人に手コキされて、ペニスが震えるほど感じていた。

（でも、本当に母さんなのか？）

今ひとつ釈然としなかった。

かつての夫を亡くしたショックがあったとはいえ、果たして息子にこんな悪戯をするだろうか。

ふと、母の双子の妹、香澄《かすみ》かもしれないと思う。

母は離婚後、康介を連れて実家に出戻っていた。これまで、同居している叔母がこの部屋に入ったことはないので疑いもしなかった。だが、こういう事態になってみると、叔母である可能性も否定できなくなる。とにかく、母がこんなことをするとは思えなかった。

母と叔母の香澄はそっくりだ。

昔から知っている近所の人にも見分けがつかないらしい。さすがに康介が見間違えることはないが、今は月明かりが逆光になっている。どんなに目を凝らしても、顔を確認することはできなかった。

(うくっ……ダ、ダメだ)

全身の毛穴から汗がどっと噴きだした。あたりが静まり返っているので、衣擦れの音がやけに大きく感じた。

戸惑っていても、若い体は反応する。女性に触れられるのは初めてで、わけがわからない状態でも快楽に流されてしまう。抗《あらが》えずにいると、掛け布団を剝ぎ取られて、パジャマのズボンをずりおろされた。

(うわっ!)

ボクサーブリーフの上に手のひらが重なり、体温が伝わってくる。それだけで快感が大きくなった。さらに先端部分を指先で捏《こ》ねまわされて、我慢汁の湿った音が微かに聞こえた。

(ま、待って……)

心のなかでつぶやき、ベッドサイドに視線を向ける。ぼんやりとした月明かりのなか、しゃがみこんだ女性のシルエットが見えた。

母のようでもあり、叔母のようでもある。

ほんのりとした汗の匂いと、シャンプーの甘い香りが鼻先を掠《かす》めた。二人ともセミロングの黒髪だ。母はいつも背中に流しており、叔母は後ろで束ねていた。今、目の前にいる女性は髪を肩に垂らしているが、それだけでは母だと断定できなかった。

ボクサーブリーフのウエストに指がかかったかと思うと、強引におろされてしまう。限界まで勃起したペニスが、バネ仕掛けのように勢いよくビイインッと跳ねあがった。

（わっ、ちょ、ちょっと）

焦るばかりで、どう対処すればいいのかわからない。恥ずかしいほどに硬直した男根が、青白い月光に照らされていた。

静寂のなか、ひんやりした外気が、熱くなった陰茎を撫でている。見られるのは恥ずかしいが、手で覆い隠すのも格好悪い。パジャマとボクサーブリーフは、太腿のなかほどにからまっていた。

「くおっ」

次の瞬間、新たな愉悦が湧き起こった。

ほっそりした指が、直《じか》に膨張した太幹に巻きついたのだ。薄暗がりのなかで全身の感覚が敏感になっており、しなやかな指の感触に意識が吸い寄せられる。軽く摑まれただけなのに、先走り液が溢れてしまう。母親かもしれないのに、蕩けそうな快感を拒絶できなかった。

（き、気持ち……うむむっ）

出かかった声を、やっとのことで呑みこんだ。

ところが、指をスライドされると鮮烈な感覚が突き抜ける。尻がシーツから浮きあがり、つい股間を突きだしていた。

すでに目覚めていることを、伝えたほうがいいのかもしれない。でも、伝えてしまうと、この快感を味わえなくなるのでは……。康介は悩んだ末に、薄目のまま、寝たふりをつづけることにした。

ベッドサイドにしゃがみこんでいた人影が、身を乗りだして股間に顔を近づけてくる。なにをするのかと思った直後、亀頭の先端に吐息を吹きかけながら唇を被せてきた。

「あふンンっ」

甘ったるい鼻声とともに、生温かい感触がペニスを包みこむ。ぽってりした唇がカリ首に密着して、柔らかく締めつけてきた。

「くうっ……ううっ」

慌てて下唇を嚙み締めるが、呻き声が漏れてしまう。まるで硬さを確かめるように唇が窄《すぼ》まり、カリ首を甘締めされた。

(うおおっ……こ、これって、フェラチオ)

心のなかで「フェラチオ」とつぶやくだけで、胸の鼓動が高鳴った。

いつか経験したいと思っていたが、康介には彼女すらいない。誰かにフェラチオしてもらえる日が来るのか、想像もできずにいた。それなのに、唐突にその機会が訪れたのだ。

顔は見えないが、間違いなく女の人にペニスを咥えられている。股間から全身にひろがっていく快感は、夢でも幻でもなかった。

(ああ、ついにこの日が来たんだ)

未知の快楽に包まれて、両足のつま先を思いきり内側に丸めていた。

相手が誰なのかは気になるが、今はそれよりも快感に支配されている。脳髄まで蕩けきっており、なにも考えられない状態だった。

「ンふっ……はふンっ」

唇がじわじわ滑り、陰茎を少しずつ呑みこんでいく。生温かくてヌルヌルした感触は、かつて味わったことのないものだ。あまりの気持ちよさに頭のなかが真っ白になってしまう。根元に巻きついた指で陰毛を押さえられ、反り返った肉柱がすべて口内に収められた。

「くううっ」

いきなり、射精感が膨れあがった。薄闇のなかで唸り声を響かせるが、すぐさま唇が後退をはじめて、唾液で濡れた砲身が露わになる。月明かりを浴びてヌラリと光る様が興奮を煽りたてた。

（こ、こんなにいいなんて……）

呼吸がどんどん荒くなる。もう口を閉じることができず、胸を激しく喘がせていた。

「あむっ……はむンンっ」

女性の息遣いも聞こえてくる。休むことなく、再びペニスを呑みこまれた。超スローペースの首振りだが、与えられる快感は凄まじい。溢れるカウパー汁を啜られて嚥下されると、早くも我慢できなくなってきた。

（そんなに動いたら……ううッ）

全身が浮きあがるような感覚に包まれる。自分でするオナニーとは、まったく異なる心地よさだ。

「くううッ、ダ、ダメだ」

思わずつぶやくと、ペニスをすべて呑みこんだ状態でジュルルッと猛烈に吸引された。

「あむうううッ」

「で、出ちゃうっ」

もうこれ以上は我慢できない。鉄のように硬化したペニスを、柔らかい唇で咥えられて、混乱状態のまま欲望を噴きあげた。

「ううウッ、うううううううッ！」

口内で男根が跳ねまわり、熱い粘液を大量に放出する。根元を唇で締めつけられて、さらなる射精をうながすかのようにしごかれた。

「ンくっ……ンくっ……」

喉を鳴らす音が聞こえてくる。決して肉棒を離すことなく、注ぎこまれるそばから精液を飲み干していく。それだけではなく、最後の一滴までやさしく吸いだしてくれた。

（す、すごい……こんなに気持ちいいんだ）

わずか三往復であえなく撃沈してしまった。とはいえ、初めてのフェラチオで最高の喜悦を味わうことができた。経験したことのない会心の射精だった。

「むはぁ……」

ようやくペニスが解放される。そっと股間を見おろすと、亀頭の先端と女性の唇の間に糸を引いた透明な唾液が、薄闇のなかで揺れていた。

射精直後だというのに、陰茎はまったく萎えることがない。隆々とそそり勃って、アクメの余韻に震えている。たっぷりの唾液でコーティングされており、月光をヌラリと反射していた。

初めてのフェラチオで達して、頭のなかのもやもやがすべて吹き飛んだ。悩みは快楽で塗り潰されている。全身が痺《しび》れたようになり、四肢をシーツの上に投げだした。

暗い天井をぼんやり眺めているうちに乱れていた呼吸が整い、呆けていた意識が徐々にはっきりしてくる。恐るおそるベッドサイドに視線を向けると、パジャマ姿の女性が立っていた。

月明かりを背中に受けて、シルエットだけが見えている。やはり母なのか叔母なのかわからない。微かに漂ってくる甘い香りはなんだろう。普段の生活のなかでは、嗅いだことのない匂いだった。

女性がパジャマのボタンを上から順に外しはじめる。前が開くと、しなやかな仕草で脱いでいく。さらにズボンもおろして、つま先から交互に抜き取った。

「……え?」

思わず小さな声を漏らしてしまう。逆光なのでわかりにくいが、ブラジャーとパンティを着けていなかった。

身体が横を向いた瞬間、乳房のシルエットがはっきり見えた。滑らかな曲線が下膨れの大きな丘陵を形作っており、頂点では乳首が尖《とが》り勃《た》っている。ペニスを舐めしゃぶったことで興奮したのかもしれない。

薄闇のなかで波打つ乳房は、果たして母親のものなのか、それとも叔母のものなのか……。

(どうして、裸になるんだ?)

そんな康介の疑問が伝わるはずもない。

彼女は無言でベッドにあがると、いきなり股間をまたいできた。片方の膝をシーツにつけて、もう片方の膝は立てた格好だ。股間に手を伸ばし、勃起したままの陰茎に指を巻きつけてきた。

「な、なにを?」

もう寝た振りをつづけている場合ではない。さすがに黙っていられず、反射的に声をあげた。

ところが、康介の言葉など端《はな》から聞く気はなかったらしい。躊躇することなく、ペニスが股間に誘導される。未知の柔らかい場所に、亀頭の先端がクチュッと押し当てられた。

「うおっ!」

たったそれだけで、快感が波紋のように股間から全身へとひろがった。拒絶しなければと思うが身動きできない。これから起こることを想像すると、期待と不安が急激に膨張した。

「あンっ……」

微かな声が聞こえるが、母か叔母か判別できない。見た目も似ているが、とくに声はそっくりだった。

「待って——おおうッ!」

腰が沈みこんできたと思ったら、亀頭が熱く潤んだ場所に嵌《はま》りこむ。康介の声は完全に無視されて、ペニスが女壺に呑みこまれていった。

「おおッ、おおおッ」

全身の血液が逆流するような感覚が湧き起こる。暗くてよく見えないが、膣に入ったのは間違いない。状況がまったく理解できないまま、母親かもしれない女性に童貞を奪われていた。

(こ、これが、女の人の……熱い!)

濡れた襞が纏《まと》わりつき、男根が奥へ奥へと引きこまれる。女壺のなかはぐっしょり濡れており、いとも簡単に根元まで繋がった。

「はあぁっ」

溜め息混じりの声が聞こえてくる。立てていた膝もシーツにつけることで、男根がさらに奥まで埋まり、股間同士がぴったり密着した。

(くううッ、き、気持ちいい)

陰毛同士が擦れて、シャリッという乾いた音が微かに響く。熱くて柔らかい媚肉で、男根を締めあげられた。

うねうねと蠢く膣襞は、まるでペニスを咀嚼《そしやく》するようだ。濡れた粘膜に包まれる快感が、またしても理性を溶かしていった。

先ほど嗅いだ甘い香りが濃くなっている。どうやら、彼女の股間から漂ってくるらしい。もしかしたら、これが愛蜜の匂いなのか。女の人は感じれば感じるほど濡れると聞いたことがある。熟れた南国のフルーツのように、どこまでも甘ったるい香りだった。

「あっ……あっ……」

両手を康介の胸に置き、腰をゆったりと前後に振りはじめる。決して慌てることなく、恥丘をやさしく擦りつけるような動きだ。ペニスがヌルヌルと出入りして、媚肉で柔らかくしごきあげられた。

「ううッ、くうううッ」

初めて体験するセックスの快楽が、脳髄まで痺れさせる。早くも射精感がこみあげて、必死に下腹部を力ませると尻穴を引き絞った。

相手が誰かわからないまま、この世のものとは思えない愉悦に溺れていく。康介は呻き声を漏らしながら、ひたすら目の前で躍る女体を見あげていた。

月明かりをバックに、セミロングの髪が揺れている。くびれた腰が艶《なまめ》かしくうねり、彼女の息遣いも荒くなっていく。結合部からはクチュッ、ニチュッという湿った蜜音が響いていた。

「こんなこと……ううッ、こんなことが……」

頭のなかが真っ白になっている。この快楽を拒絶することなど、できるはずがない。康介は両手を伸ばして、乳房にそっとあてがった。

「おっ……おおっ」

軽く添えただけなのに、指先が柔肉のなかに沈みこむ。巨大なマシュマロを作ったら、きっとこんな感触だろう。

(や、柔らかい……柔らかいぞ)

手のひらに乳首が当たっている。コリッと尖り勃っており、まるで生ゴムに触れているようだ。夢中になって指を動かし、大きな乳房を揉みしだく。指を食いこませるたびに気持ちが高揚して、膣に収まっている男根がヒクついた。

ふいに腰の動きが変化する。ペニスを根元まで呑みこんだ状態で、ゆっくり大きく回転をはじめた。絞りあげられるような感覚に加えて、細い腰がくねるシルエットが興奮を高めていた。

康介は乳房を揉みまくり、乳首にも恐るおそる触れてみる。弾力があるのに柔らかい、なんとも不思議な感触だ。そっと摘んでみると、腰の動きが劇的に変化した。

「あンっ……あぁンっ」

前後に激しく動かしたかと思うと、足の裏をシーツにつけて、両膝を立てたM字開脚の体勢になる。さらに腰を上下に弾ませることで、ペニスを濡れた媚肉でしゃぶり抜かれた。

「そ、それ、すごいっ」

首を持ちあげて股間を見おろせば、出入りを繰り返す肉柱がヌラヌラと光っている。胸板《むないた》に置いた両手で乳首をいじられて、新たな快感に襲われた。

「ああッ、そ、そこは、あああッ」

女の子のように喘いでしまう。男でも乳首が感じると初めて知った。キュッと摘まれた瞬間、康介は思わず唸りながら股間を突きあげた。

「くおおおッ！」

ペニスが奥まで嵌りこみ、蜜壷全体が収縮する。男根が震えて、大量の我慢汁が噴きだした。

「き、気持ちいいっ、そんなにされたら、ううううッ」

奥歯を食い縛り、何度も股間を打ちつける。頭ではまずいと思いつつ、体は快楽を求めていた。初めての媚肉の味を、心ゆくまで堪能したい。本能のままに勃起を思いきり抜き差しして、蜜壺の奥を抉《えぐ》りまくった。

「こんなにいいなんて、おおおおッ」

「はああッ、あああッ」

母か叔母かわからない女性が、騎乗位で腰を振っている。

背後から月光に照らされた女体は、どこか幻想的ですらあった。ヒップをバウンドさせて、貪るようにペニスを抜き差しする。薄闇のなかに、ベッドの軋《きし》む音と喘ぎ声が響いていた。

「おおおッ、も、もうっ」

快感が限界まで膨れあがる。射精感の波が押し寄せて、全身がググッと仰《の》け反《ぞ》った。

「で、出ちゃうっ、おおおおッ、出る出るっ、うむうううッ！」

男根が激しく脈動すると同時に、快感が脳天まで突き抜ける。乳首も指先で転がされながら、ついに白濁液を噴きあげた。下唇を噛んで声を抑えるが、セックスの絶頂感は凄まじかった。

「あああッ、い、いいっ、はンンンンンッ！」

月光を浴びた女体が、大きく反り返って硬直した。

ザーメンが注ぎこまれるのと同時に達したのは間違いない。なんとか声は我慢しているが、女体の反応は顕著だった。蜜壺がうねるように痙攣して、ペニスをさらに締めつけた。

「くぅっ……き、きつい」

射精が驚くほど長くつづいている。陰嚢《いんのう》のなかの精液が、すべて吸いあげられていく。魂まで放出するような快感だった。

すべてを吐き出すと、急激に全身から力が抜けた。アクメの余韻に包まれて、頭の芯まで痺れきっている。シーツの上に四肢を投げだし、股間にまたがってい る女性をぼんやり眺めていた。

彼女が腰をゆっくり持ちあげると、半萎《はんな》えのペニスがズルリと抜け落ちる。彼女の唇から小さな声が漏れたのは、まさにその瞬間だった。

「ああっ……康介」

朦朧としている頭でも、聞き間違えるはずがない。たったひと言だったが、確かに「康介」とつぶやいた。

(ま……まさか……)

緊張感が走った。その呼び方をするのは母だけだ。叔母なら「康介くん」と呼ぶはずなのだ。

全身から血の気が引いていく。どちらかわからないままセックスしたが、頭の片隅では叔母だろうと予想していた。だから、快楽に身をまかせてしまった部分もある。まさか、母がこんなことをするはずがないと思っていた。

だが、康介の読みは見事にはずれた。

信じられないことに、実の母親と関係を持ってしまった。

冷静さを取り戻すのが恐い。快楽に流されて、許されない関係を結んでしまった。夢中になって腰を突きあげたが、本当は母親の媚肉を貫いていたのだ。

ショックが大きすぎて、もはや言葉も出なかった。

(俺……か、母さんと……)

快楽と引き換えに大切なものを失った気がする。

(でも……なぜ？)

パジャマを身につけて部屋から出ていく母親の後ろ姿を、康介は呆然と見送ることしかできなかった。

2

あの夜から、七年の月日が流れていた。

長かったような、それでいて一瞬だったような気もする。でも、康介のなかの時計は、あの夜からとまったままだった。

五月のとある日の夕刻——。

東京から新幹線と私鉄を乗り継ぐこと一時間半、康介は久しぶりに生まれ育った街に戻ってきた。

駅の改札を抜けて表に出ると、ロータリーの前で立ち止まった。

黒いジャケットの胸を開き、大きく息を吸ってみる。すると、微かに潮の香りが鼻腔に流れこんできた。懐かしさと甘酸っぱさ、そして暗く淀んだ痛みが、同時に押し寄せてきた。

ざっと見まわすが、なにも変わっていなかった。

いや、厳密には喫茶店がチェーンのカフェになっていたり、CDショップがリサイクルショップになっていたり、商店がコンビニエンスストアになっていたりする。それでも、この小さな街の雰囲気、都会とは異なる空気感は、記憶のなかのままだった。

北東の空に目を向ければ、夕日を浴びて赤く染まった富士山が迫っていた。

東京でたまに目にする富士とは迫力が違う。幼い頃から当たり前だと思っていた景色が、なぜか急にありがたいものに感じられる。いきなり十歳ほど老けたような気がして、思わず溜め息を漏らしていた。

二十四歳になっていた。

家出同然に上京したのは、高校を卒業してすぐのことだった。さほど遠くないのに、頑として帰郷しなかった。

二度と実家の敷居をまたぐつもりはない。そう誓うほど思い詰めていた。

七年前のあの夜の出来事が原因だ。それなのに、急遽戻ってきたのには理由があった。

母が死んだ。

午後になってコンビニのアルバイトに向かおうとしていたとき、もうひとりの叔母の佐山冬美《さやまふゆみ》から電話があった。母が近所のスーパーに出かける途中、交差点でトラックに跳ねられたという。

すぐさまバイト先に連絡を入れて休みをもらった。

喪服は持っていた。二年ほど前、高校時代の同級生が重い病を患って亡くなったのだが、そのときはまさか母親の葬儀で再び着ることになるとは思わなかった。信じられない気持ちのまま喪服に着替えて、とにかく列車に飛び乗った。

そして、ようやく駅に到着したところだ。

バスを待っている時間がもどかしい。中途半端な時間のせいか、並んでいるのは腰の曲がった老人がひとりだけだった。ほとんど空席のバスに乗り、二十分ほど揺られて最寄りのバス停に到着した。

下車すると、潮の匂いが濃くなった。海までは歩いて数分の距離だ。住んでいた頃は気にしたこともなかったが、久しぶりに帰ってくると、思った以上に潮の香りが強かった。

通りから路地に曲がると住宅街になっており、しばらく進むと自宅の屋根が見えてきた。

落ち着いたライトグレーの外壁に、黒い瓦屋根というシックな造りだ。このあたりでは大きいほうだが、それでも建て売り住宅なので、周囲にしっかり溶けこんでいた。

懐かしさを感じたのは一瞬だけだ。白黒の縦縞の布が目に入り、嫌でも現実に直面させられる。家の塀を、鯨幕《くじらまく》がぐるりと覆っていた。

(母さん……)

胸のうちでつぶやいてみる。途端にこみあげてくるものがあり、奥歯を強く食い縛った。

家の玄関は変わっていない。ドアを開ければ、昔のように味噌汁の匂いが漂ってきそうだ。「腹減った」と声をかければ、「先に手を洗いなさい」と穏やかな声が返ってきそうだ。

だが、母親はもうこの世にいない。信じたくないが、それは紛れもない事実だった。

こんな状況で帰郷することになるなんて……。

今さらながら、後悔の念に駆られてしまう。インターフォンのボタンを押そうとして指を伸ばすが躊躇する。すっかり日が落ちたなかに立ち尽くし、過ぎ去った時間を振り返っていた。

康介は普通とは異なる家庭環境に生まれ育った。

少々頑固なところがあるのは、そのせいかもしれない。人づき合いが苦手なのも、もとを辿ればきっと取り巻いていた環境のせいだろう。

母の桜子は、康介が生まれる前、妻子持ちの男と不倫をしていた。相手は職場の上司で、坂田隆一郎《りゅういちろう》という。隆一郎は妻子を捨てて、家族の反対を押し切った桜子と町の外れにあるアパートで暮らしはじめた。

正式に籍を入れたが、祝福してくれる人はいなかった。そんな状態で上手くいくはずがない。まもなく康介が生まれるが、隆一郎は徐々に家を空ける日が多くなっていた。以前の職場にはいられなくなり、仕事をころころ変えながら、いつの間にかギャンブルに溺れていたらしい。

結局二人は別れることになり、桜子は康介を連れて実家に出戻った。

当時、康介は十三歳、中学にあがったばかり。父親はほとんど家にいなかったので、離れて暮らすことに淋しさは感じなかった。ただ、姓が「坂田」のままだと聞いて、ほっとしたのを覚えている。

坂田姓に愛着があるわけでも、母方の佐山姓が嫌だったわけでもない。苗字が変わると、いろいろ面倒だと思っていただけだ。

——母さんがいれば、それでいい。

あの頃の康介は純粋にそう思っていた。父親はいなくても、母親といっしょなら問題なかった。

母方の祖父は開業医で、比較的裕福な暮らしをしていた。孫を連れて戻ってきた桜子を、無条件で受け入れる余裕があった。むしろ、いっしょに暮らせることを喜んでいたようだ。

母の実家には祖父母のほかに、桜子の双子の妹である香澄と、ひとまわり離れた三女の冬美がいた。

香澄は三十一歳の会社員、冬美は十九歳の大学生。叔母とはいえ、いきなり二人の独身女性と同居することになった。戸惑いがまったくなかったと言えば嘘になるだろう。

母と香澄はそっくりで、子供の頃は友だちにも間違われていたという。ところが、見た目は似ているが性格は正反対だった。やさしくて穏やかな桜子に対して、香澄は気が強くて負けず嫌い。二人は水と油、決して混ざり合うことはないように見えた。

——よく戻って来られたわね。

香澄の放った言葉は今でも耳の奥に残っている。

勝手に男と出ていった挙げ句、出戻ってきた姉のことを快く思っていない。気持ちはわからなくもないが、あまりにも冷たい態度だった。香澄の怒りを理解しているから、母はなにを言われても黙っていた。

いっぽう、隣町の大学に通っていた冬美は、いつも明るくて笑顔を絶やさなかった。末っ子らしく、要領のいいところがあったように思う。康介とは六つしか離れていないこともあり、叔母というより姉のような存在だった。

——今日からここがキミのおうちだよ。

冬美の第一声に救われた気がした。

母と香澄の仲はぎくしゃくしていたが、今にして思うと、冬美が潤滑油の役割を果たしていたのだろう。香澄はときおり母に厳しく接したが、冬美が中和してくれたおかげで、それなりに上手くいっているようだった。

母は近所のスーパーでパートとして働きながら、家事全般を担当した。明るく振る舞っていたが、やはり後ろめたさがあったのだろう。いっさい休むことなく、一日中働きどおしだった。

数年後に祖父母が病気で立てつづけに亡くなったが、康介たち母子と、二人の叔母の同居生活は落ち着いていた。

それなのに、まさか実の母親と関係を持ってしまうなんて……。

母がなにを考えていたのかはわからない。なぜあんなことをしたのだろう。

あの一件以来、康介は母を避けるようになった。決して目を合わせず、会話も必要最低限だけ。母は何事もなかったように普通に接してきたが、康介のほうが一方的に拒絶した。

あんなことをしておきながら、よく今までどおりに振る舞えるものだ。申し訳なさそうにするならまだしも、そういう態度が信じられなかった。

とはいえ、自分自身、快楽に溺れたのも事実だ。あの夜のことを思いだすたび、自己嫌悪に陥った。

勉強など手につかず、成績は見るみる落ちた。当初は進学を希望していたが、最終的には受験すらしなかった。高校はなんとか卒業できたものの、家出同然に飛びだして上京した。

以来、母とは一切連絡を取らなかった。一度も電話をせず、手紙も出していない。どこに住んでいるのかも伝えていなかった。

そして今、康介は青春時代を過ごした家の前に立っている。

独身を守っている二人の叔母が、康介の帰りを待っているはずだ。小さく息を吐きだして気持ちを落ち着かせると、ようやくインターフォンのボタンをそっと押した。

家のなかで、ピンポーンという聞き覚えのある音が鳴った。一拍置いて、足音が近づいてくる。玄関のドアが開くと、慣れ親しんだ香りがふわっと鼻腔に流れこんできた。

（あ……この匂い……）

ようやく、帰ってきたのだと実感する。家の匂いを嗅いだことで、久しぶりの帰省を強く意識した。

「コウちゃん……」

出迎えてくれたのは冬美だった。

目が合うと、一瞬言葉を詰まらせる。六年ぶりに見る愛らしい顔をくしゃと歪めて康介の手を取り、両手でしっかり包みこんできた。

三十歳になったが、もともと童顔なので実際の年齢より若く見える。ダークブラウンの髪を後頭部で団子状にまとめて、黒いワンピースに身を包み、首には真珠のネックレスをつけていた。

「おかえり……よく帰ってきたね」

温かい言葉が胸に染み渡っていく。彼女の黒目がちの瞳は潤んでおり、今にも涙がこぼれそうになっていた。

勝手に家を飛び出した挙げ句、親の死に目にも会えなかった康介をひと言も責めようとしない。あの夜のことは話していないが、なにか事情があると察していたのだろう。冬美は遠くから温かく見守ってくれていた。

「ただいま……」

口を開くと、思わずもらい泣きしそうになった。

じつは、上京してからも、姉弟同然に仲のよかった冬美とだけは、密かに連絡を取り合っていた。

――困ったことがあったら、遠慮しないで言ってね。

――やけだけは起こしちゃダメだよ。

――コウちゃんのこと、いつだって応援してるから。

決して帰ってこいとは言わなかった。

数カ月に一度、電話で話すだけだったが、まるで康介の悲しみを見透かしているように元気づけてくれた。

「フユちゃん……俺……」

なにを言えばいいのかわからない。様々な想いが一度に膨らみ、胸が張り裂けそうなほど苦しくなった。

「男らしい顔になったね」

冬美は眩《まぶ》しそうに康介の顔を見つめて、しみじみとつぶやいた。

「とにかく、あがって。姉さんも待ってるから」

うながされて家にあがる。

なにも変わっていない。奥に延びている廊下も、二階にあがる階段も、下駄箱の上に置いてある靴べらも、康介が出ていったあの日のままだ。ただ、決定的に欠けているものがあった。

廊下を進む冬美の後をついていく。板張りの廊下を一歩いっぽ踏みしめながら、またしても後悔の念がこみあげてきた。

自分はなにがしたくて、東京で意地を張っていたのだろう。

必死にとめようとする母を振り払い、家を飛びだした日のことを昨日のように思いだした。

当時の康介に、ひとりで生きていく力はなかった。東京の大学に進学した同級生のアパートに転がりこみ、しばらく居候させてもらいながらアルバイトに明け暮れた。

ようやく金が貯まるとアパートを借りた。築三十五年、六畳一間の風呂なしで、トイレは共同という格安物件だ。

ひとり暮らしをはじめても、昼夜を問わず働きまくった。アルバイトに没頭している間は、なにも考えないですむ。そう思ったのだが、ラーメン屋の厨房で皿洗いをしている間も、居酒屋でビールを運んでいる間も、工事現場でツルハシを振るっている間も、母のことが頭から離れなかった。

そんな状態で、まともな恋愛などできるはずがない。アルバイト先で女性と知り合う機会もあったが、誰ともつき合うことができずにいた。

心に傷を負っているため、常に暗い陰を纏っている。なるべく人と関わらないようにしていた。それが逆に女性の気を惹きつけるのか、向こうから声をかけられることが多かった。

ところが、胸のうちを晒すことができず、自然と距離が開いてしまう。

――本音で話してくれないのね。

そんな言葉を何度浴びせられたことか。とくに年上の女性となると、目を見て会話するのも苦手だった。

だが、冬美とは姉弟のように接してきたせいか、こうして面と向かっていても自然体でいられる気がした。

本当はなによりも安らぎを求めている。

恋人が欲しいと思っているのに、心を開くことができない。女性と深く関わることを無意識のうちに避けてしまう。結局、最後までいったのは、あの夜の一度きりだった。

リビングの前を素通りして、まっすぐ和室に向かう。

開け放たれたままの襖《ふすま》の向こうには、非日常的な空間がひろがっていた。

白い棺が置いてあり、生花が飾られている。こぢんまりとした祭壇だ。線香の匂いが漂うなか、正座をしている女性がいた。

黒紋付に身を包み、黒髪を後頭部で結いあげている。白い足袋の親指をそっと重ねて、棺をぼんやり眺めていた。顔は見えなかったが、後ろ姿は母にそっくりだ。ひと目で叔母の香澄だとわかった。

「コウちゃんが帰ってきたよ」

冬美が気遣うように、静かに声をかける。すると、香澄はハンカチで目もとを軽く押さえてから、ゆっくり振り返った。

「あ……」

目が合った瞬間、康介は息を呑んだ。

四十二歳になった叔母は、さらに洗練された輝きを放っていた。瞳は潤んで、顔は紙のように白くなっている。悲しみの色を濃く浮かべているが、それすら彼女の美しさを引き立てるスパイスとなっていた。

（やっぱり……）

驚くほど似ている。記憶のなかの母親と重なり、あらためて痛感した。生きていてほしいと願っているせいだろうか。母が喪服を着ていると言われれば、信じてしまいそうだった。

「康介くん……」

香澄が正座をしたまま、身体をこちらに向ける。康介も畳の上に正座をして、叔母と向き合った。

「香澄さん、遅くなりました」

叱り飛ばされるのを覚悟で頭をさげる。ところが、香澄は小さく頷《うなず》くと、膝に置いていた康介の手に、そっと手のひらを重ねてきた。

「よかった。帰ってきてくれて」

思いがけない言葉だった。

厳しい香澄のことだから、何年も音信不通だった康介をいきなり叱り飛ばすはずだろうと覚悟していた。ところが、叔母が抱えている悲しみや淋しさが手のひらから伝わり、胸がいっぱいになった。

「康介くんのお母さん……桜子が……」

香澄は言葉をつづけられなくなり、再びハンカチを目に当てた。

ずいぶん心を痛めているようだ。冷たく当たっていたが、双子の姉妹にしかわからない、心の結びつき、絆のようなものがあったのかもしれない。がっくりと首を折り、剝きだしになった白いうなじが眩しかった。こんなときだというのに、二、三本垂れかかった後れ毛に、思わず視線が惹きつけられた。

見かねた冬美が隣にしゃがみこむ。そっと背中を擦られて、香澄はようやく言葉を取り戻した。

「桜子の顔、見てあげて、きっと……きっと待ってたはずだから、康介くんのことを……」

「うん……わかった」

康介が頷くと、二人の叔母は気を遣って和室から出ていった。

ひとりきりになり、祭壇に向かって手を合わせる。あの白い棺のなかに、本当に母がいるのだろうか。信じられない気持ちで歩み寄ると、気持ちを落ち着けてから小窓を開けた。

「か……母さん」

覗きこんだ途端、様々な感情がこみあげる。気持ちを抑えることができず、大粒の涙がどっと溢れだした。

「母さん……母さん……」

とても死んでいるようには見えなかった。柔らかい笑みを浮かべて「康介、おかえり」と言ってくれそうな気がする。線香の匂いが漂うなか、康介は繰り返し呼びつづけた。

しかし、どんなに呼びかけても返事をしてくれない。静かに目を閉じている母を見て、本当の意味で死を実感した。

母親の顔は、まるで眠っているように安らかだった。

3

帰郷した月曜日に身内だけで通夜を執《と》り行い、昨日は葬儀と告別式を慌ただしく終えた。

そして、水曜日の今日、康介は朝からぼんやりしていた。

掛け持ちしているアルバイトは、来週の月曜日まで休みをもらっている。初七日まではいるつもりだった。

「じゃあ、行ってくるね」

濃紺のスーツに身を包んだ冬美が、玄関でパンプスを履いて振り返る。ストレートのロングヘアをなびかせて、意識的に明るい声を出しているようだ。

「いってらっしゃい」

康介も無理をして笑うと、軽く右手をあげて応じた。

「戸締まりはちゃんとしてね」

香澄はグレーのスーツ姿でハイヒールを履き、冷静な声をかけてくる。

帰省した日はかなり動揺していたが、もう落ち着いているようだ。かつての人を寄せ付けない雰囲気が戻っていた。

「うん、わかってるよ」

平静を装って返事をするが、康介の心は揺れてしまう。

口調はまったく異なるし、瞳が放つ光も香澄のほうが鋭い。セミロングの黒髪は、肩に垂らしていた母とは異なり後頭部で束ねていた。それでも、黙っていると母にそっくりだった。

香澄と冬美は、今日から出勤だ。

とはいえ、家族を失った悲しみが、そう簡単に癒えるはずもない。日常に戻って仕事をしているうちに、喪失感に少しずつ慣れていくのか、それとも忘却の彼方に押しやるのか、あるいは現実を受け入れられるようになるのか……。

（俺は……俺には……）

自分にできるとは思えなかった。二人が出かけると、康介は二階の自分の部屋に戻ってベッドに潜りこんだ。

六年も寄りつかなかったのに、部屋を手つかずで残したのは母の意向だったという。大学受験の参考書が並んでいる勉強机も、コミックが大半を占める本棚も、壁に貼ってあるアイドルのポスターも当時のままだった。

——いつか戻って来ると思ってたのよ。

香澄にそう言われたときは、胸の奥が痛んだ。

母親の死は、思った以上のダメージを康介に与えていた。なにもする気が起きず、ごろごろしているうちに寝てしまった。

目を覚ましては眠ることを繰り返す。ふと気づくと、窓から差しこむ日の光がわずかに傾いていた。時計を確認すると、すでに午後三時をまわっている。さすがに腹が減っていたが、起きあがるのが億劫だった。

ベッドに横たわっていると、あの夜のことが脳裏によみがえってくる。

窓から月明かりが差しこんでいた。逆光になっていたが、女体が描く艶かしいシルエットはしっかり覚えている。なにしろ、初めて生で目にする女性の裸体だ。それが母親のものだとしても、忘れられるはずがなかった。

あの日を境に、康介の人生は暗転した。

どれほど母親を憎み、自分を否定してきたことか。

それなのに、今は抜け殻のようになっている。憎しみなど消えてなくなり、あれは本当に母だったのか、なぜあんなことをしたのか、という謎と空虚感を抱えていた。母の死が、想像以上に応えている。この重苦しい気持ちを、どう処理すればいいのかわからなかった。

さらに日が傾き、部屋のなかがオレンジ色に染まっていく。それでも、康介はただ天井を見つめていた。やがて薄暗くなってきたとき、一階でインターフォンが鳴った。

どうしようか迷っていると、解錠する音につづいて、玄関のドアが開く音が聞こえてきた。

「ただいま」

冬美の声だ。時計を見やると、まだ夕方の五時半過ぎだった。

さすがに寝ているわけにはいかず、ベッドから起きあがり、重い体を引きずるようにして一階におりた。

リビングに入ると、キッチンに立っている冬美の後ろ姿が見えた。

濃紺のタイトスカートと白いブラウスの上に、赤いチェックのエプロンをつけている。ストレートのロングヘアが背中にさらりと垂れていた。どうやら、帰宅して休む間もなく、キッチンに向かったらしい。

「おかえり、早かったね」

意識して明るい声で話しかける。いつまでも落ちこんでいると思われたくなかった。

「うん、コウちゃんがお腹を空かせてると思って」

冬美の声も明るい。多少無理をしてでも、気持ちを盛りあげようとしているのだろう。ところが、振り返った途端、冬美は表情を曇らせた。

「大丈夫？　ご飯、食べたの？」

心配そうに見つめてくる。よほどひどい顔をしているらしい。なにしろ一日中寝ていたので、鏡を一度も見ていなかった。

「ちょっと、トイレ」

康介はいったんリビングから逃げだした。

洗面所で鏡に映った自分の顔を見て、思わず苦笑を漏らした。

(こりゃ、ひどいな)

これほどまでに落ちこんでいる自分が意外だった。

髪は寝癖でボサボサだし、寝過ぎたせいか瞼が腫れぼったくなっている。それに、なにより顔色が悪かった。これでは、どんなに明るく振る舞っても、無理をしているようにしか見えないだろう。

実家に残っていたグレーのスウェットの上下がよれよれなのも、みすぼらしさに拍車をかけている。とりあえず冷水で顔をバシャバシャ洗い、髪に水をつけて寝癖を直した。もう一度鏡を見て、両手で頬をパシッと叩く。いくらかマシになったところで、リビングに戻った。

「俺もなんか手伝うよ」

「じゃあ、お皿、出してくれるかな」

冬美はなにも尋ねてこない。気持ちを察してくれたのだろう。だから、康介も自然体でいることができた。

「フユちゃんがご飯作ることもあるの？」

食器棚から皿を取り出しながら話しかける。深い意味はなかったが、ほんの少し、おかしな間が空いた。

「ううん、家事は桜子姉さんがひとりでやってたから……」

そう言われてみればそうだった。

冬美は小さな商社の事務員で、キャリア志向の香澄は製薬会社でバリバリ働いている。母はスーパーでレジ打ちのパートをしていたが、炊事も掃除も洗濯も一手に引き受けていた。

「これからは、わたしがやらないとね」

無理に微笑むと、冬美はフライパンでハンバーグを焼きはじめる。形は少々いびつだが、ジュウッという音とともに肉の焼けるいい匂いがひろがった。

「でも、家事は自信ないなぁ」

「香澄さんだっているんだから、なんとかなるでしょ？」

「姉さんは仕事が忙しいから」

どうやら、今後は冬美が家事を担当するらしい。姉妹で決めたことに口出しするつもりはないが、なにか違和感があった。

「MRって不規則でしょ、仕方ないのよ」

不服に思っているのが顔に出ていたらしい。冬美がフォローするように、言葉を付け足した。

香澄は製薬会社でMRという仕事している。毎日、担当している病院をまわって、医薬品の情報提供や営業をするらしい。医者の都合に合わせて訪問するので、夜遅くになることが多かった。

「ふうん。で、今日も仕事で遅くなるんだ。こんなときだってのに……」

今朝、出勤するとき、残業で遅くなると言っていた。二日も休んだので、その分を取り返さなければならないのだろう。

(母さんが死んだんだぞ、それなのに……)

忙しいのはわかるが、今日くらい早く帰れないのだろうか。バイトの身である康介から見ても自分勝手な気がした。

「フユちゃんはいいの？　家事を押しつけられて」

「香澄姉さんの仕事は、わたしみたいに自分の都合で帰るわけにはいかないの。

わかってあげて」

冬美はまったく不満に思っていないようだ。それが康介には不思議でならなかった。

「思いだしたよ。香澄さんは昔から仕事ばっかりだったね」

晩ご飯をいっしょに食べた記憶は数えるほどしかない。香澄は出戻りの母をよく思っていなかったこともあり、同じ家に住んでいるとは思えないほど接点が少なかった。

「わたしと違って、がんばり屋さんだもの」

叔母のつぶやきには、誇らしげな響きがこもっていた。もしかしたら、優秀な姉を応援したい気持ちが強いのかもしれなかった。

ハンバーグが焼きあがり、冬美が皿に盛りつける。

いい感じに焦げ目がついて、じつに旨《うま》そうだ。若干、形が崩れているところが、手作り感があってよかった。付け合わせはにんじんとブロッコリー。いつの間に作ったのか、なめこの味噌汁もあった。

朝食にトーストを食べたきりだったので、見ているだけで口のなかに涎が溢れてきた。

「とりあえず食べて。お腹が空いてると苛々《いらいら》するでしょ」

いい匂いを嗅いだことで、空腹感がいよいよ切迫している。康介はなにも言い返せなくなり、唇を尖らせながら食卓についた。

「いただきます」

背に腹は替えられない。もはや腹が空きすぎて、しゃべる気力すら失われつつあった。

「んまいっ！」

ハンバーグを箸でひと口食べた途端、テンションが一気にアップした。

これほど旨いものを食べたのは久しぶりだ。ひとり暮らしが長かったので、手料理に飢えていた。そして、なにより母親の味付けに近かった。これこそ康介が求めていた実家の味だった。

「慌てないで、ゆっくり食べてね」

正面の席に座った冬美が、眩しそうに目を細めて見つめていた。

そう言われても、手が勝手に動いてしまう。手作りハンバーグと白いご飯は最高の組み合わせだ。ガツガツと頬張り、すぐにおかわりした。味噌汁もじつに美味だった。

「ふぅっ……旨かった」

腹が膨れると、現金なもので先ほどまでの苛立ちはいくらか治まっていた。香澄に対する不満が完全に消えたわけではない。それでも、気持ちは少し落ち着いていた。

「ごちそうさまでした」

「どういたしまして。お粗末さまでした」

康介が仰々しく手を合わせて頭をさげれば、冬美もおどけて応じてくれる。目が合うと、二人して思わずぷっと噴きだした。

「香澄姉さん、本当は淋しいのよ」

空気が和んだところで、冬美が穏やかな口調で話しはじめる。

「あの二人、昔はすごく仲がよかったの」

それは初耳だった。康介の記憶のなかでは、最初から母と香澄の仲はぎくしゃくしていた。ところが、子供の頃はなにをするのもいっしょで、常に近くにいないと二人とも落ち着きをなくすほどだったという。

「じゃあ、どうして」

「桜子姉さんの結婚が原因よ」

「母さんの、結婚？」

冬美は静かに頷くと、いったん黙りこんだ。そして、意を決したように再び語りはじめた。

桜子が妻子持ちの男、坂田隆一郎と交際していることに、香澄は最初から大反対していたという。隆一郎は妻と別れて桜子といっしょになると言ったが、信用できないから絶対にやめたほうがいいと香澄は主張していた。

「桜子姉さんの幸せを本当に願ってたのね。あの頃、香澄姉さん、仕事を休んでまで必死に説得してたもの」

「えっ、あの香澄姉さんが仕事を休んだって？」

現在の彼女の姿からは、とても想像できなかった。香澄は趣味らしい趣味も持たず、恋人もいないようだ。仕事漬けの毎日を送っており、なにが楽しくて生きているのか不思議に思うほどの仕事人間だった。

「昔から仕事命の人だけど、それでも桜子姉さんのことを、誰よりも心配してたんだと思う。その気持ちは桜子姉さんにも伝わっていたはずよ」

ところが、桜子は反対を押し切って男と暮らすことを選んだ。香澄の必死の説得にも耳を貸さずに……。

「これは後からわかったことだけど――」

冬美はそう前置きすると、少し躊躇してから切り出した。

「桜子姉さんが隆一郎さんを家族に紹介したとき、康介くんがお腹のなかにいたの」

予想はしていたが、やはり結婚する前に康介を身籠もっていたという。その事実を、どう受けとめればいいのかわからなかった。

「そう……なんだ」

「誤解しないでね。仕方なく結婚したわけじゃないのよ」

隆一郎は約束どおり妻子と別れて、正式に籍を入れた。社内不倫の末の結婚なので、転職せざるを得なかった。ところが、新しい仕事が上手くいかずに、いつしか家庭を顧みなくなったという。それでも、母はいつか立ち直ってくれると信じていた。

「でもね、生活ができないほど行き詰まって、結局別れることになったの」

冬美は涙ぐみながら語ってくれた。

誰にも祝福されない結婚生活は、きっと淋しいものだったに違いない。信用していた男が落ちぶれていく姿を、いったいどんな気持ちで見ていたのだろう。当時の母の心境を思うと、胸が苦しくなった。

「桜子姉さん、よっぽど坂田さんのことが好きだったのね」

冬美がしみじみとつぶやいた。

桜子は離婚後も苗字を旧姓の佐山に戻さず、坂田姓を名乗っていた。いつの日か、隆一郎が迎えにきてくれることを願っていたのかもしれない。

ふと、あの夜のことが脳裏を過《よぎ》る。

確かに母は、ずっと父のことを想っていた。口にこそしないが、息子である康介にはなんとなくわかった。

父の急死の報せを受けて、どれほどのショックを受けたか計り知れない。そんな一途な母が、他の男、それも息子と身体を重ねるだろうか。なにか精神的に淋しさを抱えていたのか……。

「だから、香澄姉さんのこと、あんまり責めないで」

「うん、わかったよ」

冬美の言葉に頷きながら、頭ではまったく別のことを考えていた。

なにか釈然としない。あの晩に起こったことは、できるだけ思いださないようにしてきた。意識して記憶の蓋を開けないようにしていた。できることなら、すべてなかったことにしたかった。

でも、なにかが心に引っかかる。このまま過去のものとして、記憶の奥に押しやってはならない気がした。

4

風呂に入り、自室のベッドで横になってから小一時間が経っている。

「ううん……」

なかなか寝つくことができず、康介は何度目かの寝返りを打った。

冬美から聞いた話が、頭のなかをぐるぐるまわっている。母と香澄の関係が今ひとつわからなかった。

じつは二人の仲がよかったというのは、意外な事実ではあったが、冷静に考えるとわかるような気もする。少なくとも母が嫌っている様子はなかったし、香澄にしても憎悪を抱いているわけではなかった。

帰省した当日、祭壇の前で呆然と正座をしていた香澄の姿を思いだす。

気の強い彼女が涙を流していた。双子というのは、常に互いのことを意識しすぎているのかもしれない。逆に相手を想うあまり、うまく意思疎通ができないこともあるのではないか。

　そんなことを、暗い天井を見あげながら考えていると、一階で微かな物音がした。鍵を開けて、誰かが玄関に入ってくる音だ。

（香澄さんか？）

　どうやら、仕事から帰ってきたらしい。枕もとの時計を見やると、もうすぐ深夜一時になるところだった。

　毎晩、こんなに遅くなるのだろうか。冬美はすでに寝ているらしく、部屋から出てくる気配はなかった。

　この家の二階には部屋が四つある。階段をあがってすぐ和室があり、その隣の洋室を康介が、その隣を香澄が、そして一番奥を冬美が使っていた。

　康介の部屋は、もともとは母の部屋だったと聞いている。出戻ったときに康介に与えられて、母は一階の和室で寝るようになった。

（声くらい、かけたほうがいいかな……）

　電気が消えている家に帰ってくるのは、わびしいものだ。東京でひとり暮らしをしている康介には、その気持ちが痛いほどわかった。

　誰かに「おかえり」と言ってもらいたい。返事がないとわかっていながら、つい暗闇に向かって「ただいま」と声をかける。そして、ますます惨めで淋しい気持ちになってしまう。そんな毎日を送っていた。

（よし、ちょっと行ってみるか）

ひと声かけるだけでもいいだろう。迎えてくれる人がいれば、少しは気分が違うと思った。

部屋を出て一階におりると、リビングのドアを開けてみる。ところが、明かりは消えており、香澄の姿もなかった。

トイレにでも行ったのだろうか。廊下に出てみると、バスルームから湯の弾ける音が聞こえてきた。

どうやら、シャワーに入っているらしい。仕方ないので自室に戻ろうとするが、なぜか足が動かなかった。

（香澄さんが、シャワーを……）

思わずごくりと生唾を呑みこんだ。

喪服姿で涙を浮かべていた姿が頭に浮かぶ。母とそっくりの叔母が、瞼の裏に焼きついていた。

香澄の顔を見るたび、母親と過ちを犯したあの夜を思いだしてしまう。罪悪感に駆られて自己嫌悪に陥るが、それでも叔母の近くにいると母の温もりを感じられる気がした。

声をかけようと思ったのは、後付けの理由にすぎない。久しぶりに見た香澄に惹かれていた。考えてみると、昔から好きになるのは母に似た女性が多かった気がする。

叔母へと傾いていく自分の気持ちに気づかない振りをしてきたが、もう限界だった。

ほとんど無意識のうちに脱衣所に向かっていた。足音を忍ばせて、ゆっくり進んでいく。いけないという気持ちもあるが、シャワーの音が近づくほどに好奇心が膨らんだ。

脱衣所の明かりは消えていた。曇りガラスが嵌めこまれたバスルームのドア越しに、シャワーを浴びている女性の姿が見える。白い肌が蠢く様に、視線が釘付けになった。

(こ、これ以上はまずい……)

頭のなかで警報が鳴り響いていた。早く戻ったほうがいい。これ以上は危険だとわかっているのに動けない。このドアの向こうに裸の香澄がいると思うと、胸の鼓動が速くなってしまう。

女性経験は初体験の一度だけ。その後は、どうしても女性とつき合うことができないまま二十四になった。欲望だけは無限に成長しており、胸に鬱屈としたものを抱えこんでいた。

そのとき、視界の隅に洗濯籠が映った。

曇りガラスから漏れてくる光が、一番上に置いてある白いブラウスを照らしている。その下から、黒いレースの生地がわずかにはみ出していた。

（あれは……まさか……）

ふらりと歩み寄り、震える指を伸ばしていく。頭の片隅で「やめろ」と囁く声がする。脱衣所に入っただけなら、ぎりぎり許される。だが、あの布地に指一本でも触れた時点でアウトだ。

わかっているが、誘惑には勝てなかった。

指先が柔らかいレースの生地に触れた途端、全身が燃えあがるように熱くなり、毛穴という毛穴から汗がどっと噴きだした。

ブラウスの下から引っ張り出して、目の前でひろげてみる。やはり、パンティだ。レースがふんだんに使われており、股上が浅くて布地の面積が極端に少ない。

ふんわりと柔らかくて、簡単に破れそうなほど薄かった。

(これを、香澄さんが……)

ブラウスをどけると、お揃いの黒いブラジャーも出てきた。

生真面目な叔母が、これほどセクシーな下着をつけているとは驚きだった。思わず想像してしまう。

バスルームからはシャワーの音が聞こえている。まだ、しばらく出てくることはないだろう。

ブラジャーを裏返すと、恐るおそるカップの内側に顔を近づける。ところが、まったく匂いはしなかった。それならばと、鼻先を押しつけて、大きく息を吸いこんだ。

「うむむっ」

まだわずかに体温が残るカップから、微かな汗の匂いがふわっと鼻腔に流れこんできた。ほのかな酸味のなかに、甘い体臭が混ざっている。

(ああ……)

うっとり目を閉じると、股間に血液が流れこむ。ボクサーブリーフのなかで、ペニスがむくむくと頭をもたげはじめた。

もう欲望をとめることはできない。ブラジャーから顔をあげると、今度はパンティを裏返して股布を凝視した。黒なので染みは見当たらないが、そこに大切な部分が触れていたのは間違いない。

鼻先をそっと押し当てる。まだ温かい布地から、蒸れた匂いとともに、甘ったるい芳香が立ちのぼってきた。

（おおっ！）

本能を刺激する野性味のある匂いのなかに、爽やかな香りも混ざっている。男根がずくりと疼《うず》き、瞬く間にスウェットの前が突っ張った。

（ん？　この匂い、どこかで……）

なにかを思いだしそうになったとき、バスルームのドアがほんの少し開いていることに気がついた。

折戸になっているタイプで、古いため閉まりが悪い。ぴっちり閉じたつもりでも、いつの間にか隙間が開いていることがあった。バスルームの湯気が、ほんの少し脱衣所に流れていた。

普通の精神状態なら、黙って立ち去っていただろう。ところが、パンティの匂いを嗅いだことで昂《たかぶ》っている。このまま部屋に戻るという選択肢は、端からなかった。

康介は壁に身を寄せると、細心の注意を払いながらバスルームのドアに接近した。脱衣所の明かりは消えているので、向こうからは見えにくいはずだ。そう思うことで、康介の行動はより大胆になった。

ドアの隙間に顔を近づける。息を殺して目を寄せると、明るいバスルームの光景が視界に飛びこんできた。

（うおっ……）

大きく目を見開き、思わず息を呑んだ。

白い壁に囲まれたなかに、叔母のいっそう白い裸身が浮かびあがっている。こちらに背中を向けており、滑らかな背筋とくびれた腰、むちっとした尻が丸見えになっていた。

太腿にも適度な脂が乗っていて、触り心地がよさそうだ。ふくらはぎから細く締まった足首につづくラインも芸術的だった。

壁のフックにかけてあるシャワーヘッドから、女体に湯が降り注いでいる。わずかに顔を上向かせて、全身をぐっしょり濡らしていた。

セミロングの黒髪をオールバックのように撫でつけており、毛先から背中に湯が滴《したた》っている。自然と水滴の行く先を目で追っていた。肩胛骨《けんこうこつ》から背筋の窪みに沿って、湯が滔々《とうとう》と流れていく。さらに尻の谷間を滑り落ち、臀裂の奥へと消えていった。

「はぁ……」

よほど気持ちいいのか、叔母はときおり小さな溜め息を漏らしていた。

康介は息を殺し、決して目を逸《そ》らさなかった。彼女の一挙手一投足を瞼に焼きつけておきたい。叔母の入浴シーンを覗くことで、かつて味わったことのないスリルと興奮が湧きあがっていた。

香澄はカランをまわしてシャワーをとめると、ボディソープを手のひらに取って泡立てはじめた。

まずは左腕を手のひらで丁寧に擦り、泡まみれにしていく。タオル掛けにはナイロンタオルが見えるが、肌のために使用を控えているのかもしれない。さらに右腕も同じように手のひらで擦ると、今度は首筋から乳房にかけてを、ゆっくり撫でていく。

身体がほんの少し横を向いたため、大きな乳房を斜め後ろの角度から確認できた。たっぷりとした柔肉が、重たげにゆっさり揺れている。手のひらでヌルリと撫でるたび、プルプルと小刻みに波打っていた。

(なんて、いやらしいんだ)

もう目を離せない。完全に頭に血が昇っていた。

康介は右手を股間に伸ばすと、スウェットの上から男根を強く握った。たったそれだけで腰が震えて、亀頭が限界まで膨張する。先端から大量の我慢汁が溢れだし、ボクサーブリーフの裏地に染みこむのがわかった。

香澄の手のひらは乳房を離れて、脇腹をそっと撫でおりていた。かと思うと、再び胸に戻り、双乳を包みこむ。ねちっこい動きで撫でまわし、指先を食いこませていく。

「はンンっ」

シャボンにまみれているため、指がヌルヌル滑っている。柔肌の表面を撫でる結果となり、香澄はもどかしげな声を漏らして身をよじった。

(なにを……してるんだ?)

康介はドアの隙間に目を押し当てたまま、鼻の穴を膨らませていた。

叔母の手の動きは、まるで愛撫をしているようだった。自分の乳房を撫でまわして、くびれた腰をもどかしげに揺らしている。よく見れば、内腿をもじもじと擦り合わせていた。

「ン……ンン……」

横顔がほんのり染まっている。瞳は潤んでおり、焦点が合わない感じで宙に向けられていた。泡だらけの乳房を撫でまわして息を乱している。指先が桜色の乳首を掠めて、女体が感電したようにぶるるっと震えた。

「あンンっ」

半開きになった唇から甘い声が溢れだす。乳首が充血して膨らみ、シャボンのなかから尖り勃つのがわかった。乳輪まで盛りあがり、いつしか乳房全体も張り詰めているようだ。

香澄は指の股に乳首を挟みこみ、双乳をゆったり揉みしだく。明らかに洗う動きとは異なっている。ここまで来ると、もう自慰をしているようにしか見えなかった。

（す、すごい……すごいぞ）

康介は瞬《まばた》きするのも忘れて、衝撃の現場を凝視していた。

こんなシーンに遭遇するとは思いもしなかった。シャワーを浴びているところを覗くつもりだったのに、香澄が自分の身体をまさぐりはじめた。偶然とはいえ、とんでもない秘密に触れてしまった。

真面目でお堅く見える香澄も、生身の女性であることに変わりはない。独り身を通して仕事に生きているようだが、人並みに欲望はあるだろう。ときおり、こうして解消しているのかもしれなかった。

今すぐ、この場を離れたほうがいい。頭の片隅ではそう思うが、スウェットの上から握り締めた男根をしごいてしまう。叔母の裸体を見つめながら、思いきり射精したい衝動に駆られていた。

「ンンっ……はうンンっ」

小さな声だが、浴室なので反響する。鼻にかかった声を耳にすると、なおのこと気分が盛りあがった。

香澄は左手で乳房を揉みしだき、右手を腹へとずらしていく。康介の位置からはよく見えないが、ボディソープを塗り伸ばして、臍《へそ》の周辺を撫でまわしているようだ。さらにその手を、ゆっくり股間へと滑らせた。

「くううっ！」

次の瞬間、香澄は背中を丸めて膝を折った。ヒップを後方に突きだした情けない格好だ。内股になって、自分の手を内腿の間に挟みこんでいる。指先が割れ目に到達したのか、クチュッという湿った音が響き渡った。

（そ、そこは……香澄さんっ）

母と瓜二つの叔母が、バスルームでオナニーに耽っている。これほど衝撃的な光景は、なかなかお目にかかることはできないだろう。

康介は右手でスウェット越しに陰茎をしごきつつ、左手に握り締めていたパンティを鼻に押しつけた。香澄の甘酸っぱい芳香で肺を満たしながら、右手の動きを速めていく。先走り液がとめどなく溢れて、ボクサーブリーフの内側はひどい状態になっていた。

バスルームのなかには、湿った音が響いている。叔母は股間に指を忍ばせて、なにやらしきりに動かしていた。

肝心な部分が見えないのがもどかしい。彼女の指は、いったいどこをどうやって刺激しているのか。経験の浅い康介は想像もできなかった。

「はンっ……あンンっ」

いずれにせよ、快感が高まっているのは間違いない。香澄は濡れたヒップを突きだして、下半身を小刻みに震わせた。

（お、俺も……あああっ）

ペニスを握る手に力が入る。パンティの股布に鼻を押しつけて、必死に声を抑えこむ。叔母の股間の匂いを嗅ぎながら、一心不乱に肉柱をしごきまくった。

「ンッ……はンッ……はンンッ」

香澄の呻き声が切羽詰まってくる。康介も目を血走らせて、興奮に息を荒らげていた。

「あンンッ、あむうううううッ！」

ついに女体が激しく痙攣する。香澄は下唇を嚙み締めて、ついにエクスタシーの嵐に呑みこまれた。

（おおおッ、香澄さんっ、ぬおおおおおおッ！）

その瞬間、下腹部で爆発が起こった。熱いザーメンが噴きあがり、握り締めた右手に脈動が伝わってくる。今にもくずおれそうなほど膝がガクガク震えて、得も言われぬ快感が突き抜けた。

かつて味わったことのないスリルが、快楽を二倍にも三倍にもする。あの夜の初体験に次ぐ、最高の射精だった。

頭の芯まで痺れきっているが、絶頂に達したことで冷静さが戻ってくる。とにかく、ここにいるのは危険だった。

（逃げないと、早く……）

覗いていたことがばれたら、取り返しのつかないことになる。欲望を吐き出した途端、恐怖が湧きあがってきた。

パンティとブラジャーを洗濯籠のブラウスの下にそっと戻すと、音を立てないように気をつけながら脱衣所を後にする。股間を濡らしているザーメンが気持ち悪いが、今は逃げることが先決だった。

第二章　濡れるバスルーム

1

「食欲ないの？」

正面の席に座っている冬美が尋ねてきた。

冬美の隣には香澄が座っている。

翌朝、二人の叔母といっしょに、康介は食卓についていた。

「そんなことないよ」

努めて明るく振る舞い、慌ててトーストを手に取った。

本当は食欲などなかったが、食べないと余計な詮索をされてしまう。マーガリンを塗って囓《かじ》りつき、苦いインスタントコーヒーで流しこんだ。

「無理はしなくてもいいけど、少しは食べてね」

母親のことで落ちこんでいると思ったのだろう。冬美は穏やかに語りかけてくると、それ以上はなにも言わなかった。

(違うんだ、フユちゃん……)

やさしさが伝わってくるから、申し訳ない気持ちになってしまう。

確かに母親を亡くした悲しみは、そう簡単には癒えないだろう。でも、食欲がない原因はそうじゃない。昨夜のことを思い返すと、後悔の念と罪悪感が胸の奥にひろがった。

康介はトーストを囓りながら、斜め向かいの席に視線を向けた。

そこには白いブラウスを着た香澄が座っている。コーヒーを片手に、朝刊に目を通していた。

康介の胸のうちも知らずに、香澄は澄ました顔で活字を追っている。コーヒーカップを口に運ぶ姿は、バリバリ仕事をこなすキャリアウーマンのイメージそのままだった。

ところが、彼女はバスルームでオナニーする女だ。

昨夜、出来心で下着を悪戯して、バスルームを覗いてしまった。それだけならまだしも、なんと叔母がオナニーをはじめて、その一部始終を目撃した。生で見る手淫は衝撃的だった。

人には必ず秘密の顔がある。決して知られたくない裏の顔——いや、それこそ本当の顔と言ったほうがいいかもしれない。

偶然、香澄の秘密を目撃してしまった。興奮を抑えられず、康介はこっそりペニスをしごきたてた。快楽に浸りきった康介の顔も、人には見せられないものだった。

射精直後は逃げることに必死だったが、自室に戻っても興奮は醒めず、再びオナニーして白濁液を放出した。

香澄を前にすると、どうしても七年前の夜を思いだしてしまう。あまりにも似ているため、母の姿を重ねずにはいられない。

(俺は、なんてことを……)

またしても母子で禁忌を犯した気分になり、自己嫌悪に陥った。これではあの夜と同じではないか。

「うっ……」

ふいに頭の芯が疼いて顔をしかめた。

香澄を見ていたせいか、あの夜の記憶がフラッシュバックする。康介の部屋、軋《きし》むベッド、月明かりをバックに舞い踊る黒髪とくねっていた女体が、ありありと瞼の裏によみがえった。

清楚でやさしかった母の裏の顔……。

騎乗位で繋がり、蜜壺でペニスを甘く締めつけられた。首を振り、腰をよじりたてる姿は忘れようがない。いけないと思いつつ、肉の愉悦に溺れて、最後まで流されてしまった。

後悔、反省、懺悔《ざんげ》……。様々な気持ちがこみあげるとともに、身も心も震えるような絶頂の記憶が、下腹部を甘く痺れさせた。

(や……やばい)

男根が芯を通し、ジーンズの股間が膨らみはじめる。額に冷や汗が浮かんだとき、香澄が新聞から顔をあげた。

「どうしたの?」

さりげなさを装っているが、瞳の奥には不審の色が浮かんでいる。新聞を読んでいたが、康介の視線にずっと気づいていたのだろう。

「え、いや……」

いきなり問いかけられて、思わず言葉に詰まってしまう。康介は慌てて視線を逸らすと、手にしていた残りのトーストを頬張った。ところが、香澄はまだこちらを見つめていた。

「具合でも悪いの？」

「べ、べつに……」

誤魔化そうとして、ぶっきらぼうに言い放つ。だが、もう目を合わせることはできなかった。

香澄はまだなにか言いたそうにしていたが、康介は気づかない振りをした。意識して顔を向けずにいると、叔母も視線を新聞に戻していく。そんな二人のぎくしゃくしたやり取りを、冬美が不思議そうに眺めていた。


香澄と冬美が出社すると、康介はひとりになった。

昨日は一日中ごろごろしていたが、二人の叔母が働いていることを思うと、のんびりしているのも悪い気がした。

思い立って、納戸から掃除機を引っ張り出してくる。自分のアパートはめったに掃除などしないが、叔母たちにはお世話になっているし、なにより母が住んでいた家を綺麗にしたかった。

窓を開け放つと、五月の爽やかな風が潮の香りを運んでくる。空を見あげれば、雲ひとつない青空がひろがっていた。

さっそくリビングから掃除機をかけはじめる。体を動かすのは気分転換にもなってちょうどいい。ついでに洗濯機もまわそうかと思ったが、下着に触れることになるのでやめておいた。

今なら冷静に考えられるのに、どうして昨夜はあんな行動を取ってしまったのだろう。叔母がシャワーを浴びていると思ったら、なぜか歯止めがきかなくなってしまった。今、脱衣所に行くと、よからぬ気持ちが起こりそうなので、意識して近づかないようにした。

最後に掃除するのは和室だ。

襖を開けると、線香の匂いが流れてくる。仏壇の前で正座をして、遺影に向かって静かに手を合わせた。遺影のなかの母は、じつに穏やかな笑みを浮かべていた。

(母さん、ちょっと騒がしいけど我慢してくれよ)

心のなかで母に語りかける。

もう怒りはないが、わだかまりが完全に消えたわけではない。だからといって、亡くなった母を責める気にはなれなかった。

余計なことを思いだす前に立ちあがる。窓を全開にして空気の入れ換えをしながら、一気に掃除機をかけた。

さらに各部屋の窓を雑巾で磨いていく。この家に住んでいた頃には、掃除などしたことはない。母が生きているときに手伝っていたら、少しは喜んでくれただろうか。

（ふっ……なに考えてんだ）

思わず苦笑が漏れた。

母親に不信感を抱き、自らの意思で家を飛びだしたのではなかったか。それなのに、今さら感傷的になっている自分がおかしかった。

気づくと昼をまわっていた。自己満足かもしれないが、労働でかいた汗は思いのほか気持ちよかった。

掃除はこれくらいにして、昼飯を食べることにする。とはいっても、料理をするわけではない。湯を沸かしてカップ麺で腹を満たした。

（さてと……）

さすがに、今日はもう掃除をする気にはならない。二階は手つかずだが明日でもいいだろう。

リビングのソファに座り、なんとなくテレビをつけてみる。ひととおりチャンネルを替えてみるが、興味を引くものはなかった。

暇になると、どうしても昨夜のことを考えてしまう。

テレビのワイドショーは目に入らず、叔母がオナニーしていた姿を思いだしていた。

パンティの香りも印象に残っている。股布に鼻先を押しつけたとき、甘ったるい匂いがした。あのフルーティな芳香は、どこにでもあるものではない。それでも、以前、嗅いだ記憶があった。

（あれは、確か……）

次の瞬間、今朝と同じように頭の芯が疼いた。

「うくっ！」

指先でこめかみを圧迫する。康介は自分の考えに驚き、そして、戸惑いを覚えていた。

考えれば考えるほど同じだったような気がしてくる。叔母のパンティは、七年前のあの夜に嗅いだ匂いに酷似していた。

忘れるはずがない。康介にまたがってきた女性の股間から、南国のフルーツを思わせる甘ったるい匂いがしていた。

あれは愛蜜が放つフェロモンのようなものだと思っている。きっと発情した女性が、男を惹き寄せるために振りまく匂いだ。だから、七年経った今も、康介の記憶にしっかり残っているのだろう。

愛蜜の匂いは、すべての女性で共通するのだろうか。女性をよく知らない康介には、それ以上のことはわからなかった。体臭のように個人で異なるものなのではないか。

(だとすると……)

康介は眉間に深い皺を寄せた。

これまでになかった疑念が浮かびあがってくる。

あの夜の相手が、母ではなく香澄だということも……。パンティの匂いだけでは確信できないが、あり得ない話ではなかった。

なんとかして確認する方法はないだろうか。もう一度、脱衣所に忍びこんだところで、パンティの残り香では弱すぎる。

直接、股間の匂いを嗅ぐことができれば、あるいは……。

2

冬美は夕方六時前に帰宅したが、香澄はまた遅くなるようだった。

簡単なものだからね、と言いながら、冬美は鶏の唐揚げを作ってくれた。康介の好物を覚えていたらしい。仕事帰りにわざわざスーパーに立ち寄って、材料を買ってきてくれた。

「食べてみて」

向かいの席から、冬美が身を乗りだすように勧めてくる。六つしか離れていないうえに童顔なので、やはり叔母という感覚は薄かった。

「じゃ、いただきます」

熱々の唐揚げをひと口囓ると、肉汁と油がジュワッと染み出した。康介はハフハフ言いながらよく嚙み、味わうようにゆっくり飲みこんだ。

「どう?」

「うん、旨い!」

自然と言葉が溢れだす。ありきたりの感想かもしれないが、自信を持って宣言できる。母親の手料理以外でこれほど旨い唐揚げを食べたのは初めてだった。

「ふふっ、お世辞でも嬉しいな」

冬美は嬉しそうにつぶやき、ようやく食べはじめた。

「お世辞じゃないよ」

自分の言葉を証明しようと、康介はすぐにふたつ目の唐揚げに齧りつく。叔母の温かい眼差しが、なおのこと食欲を増進させていた。

「おかわりもあるから、ゆっくり食べてね」

ご飯にも合うので、ついつい無言で食べてしまう。東京では食べたことのない味だった。

食事が終わると、康介が洗いものをした。

心温まる料理を作ってくれて本当に感謝している。あらたまって口に出すのは恥ずかしいので、せめてものお礼のつもりだった。

その後、冬美がコーヒーを淹《い》れてくれた。

朝は時間がないのでインスタントだったが、豆を挽いてペーパードリップするコーヒーの香りに感激した。

「やっぱり、全然違うね」

「キリマンジャロよ。強い酸味とコクが特徴なの」

冬美がカップを手にして、満足げに香りを楽しんでいる。

「詳しいんだね」

「香澄姉さんに教えてもらったの」

「へえ……」

冬美のコーヒー好きは、香澄の影響だという。意外な話だった。仕事人間にしか見えない香澄も、一応こだわっているものはあるらしい。

「仕事ばっかりしてると思ってたんでしょ」

「そ、そんなことないけど……」

図星だったが、頷くのはためらわれた。しかし、これはチャンスでもある。香澄のことを、いろいろ知りたかった。

「そういえばさ、香澄さんって、どうして独身なのかな？」

「香澄姉さんだって、昔は人並みに恋をしてたのよ」

製薬会社に入社した当初、父親が開業医だったため、香澄は周囲からコネ入社と思われていた。それが悔しくて、実績をあげるため仕事にのめりこんでいったらしい。

「でもね、好きな人ができたの。詳しくは聞いてないけど、ずいぶん悩んでたみたい」

「結婚するか、仕事をつづけるか、ってこと？」

「そう……」

康介の母親、桜子が家を出た少し後のことだった。だから、なおのこと簡単には答えを出せなかったのだろう。

「結局、姉さんは仕事をとった」

親の期待に応えるため、自分のプライドのため、仕事に生きる決意をした。以来、浮いた話は聞かなくなったという。

「ふうん、どうしてそんなに悩んだのかな？」

これからも独身を貫くつもりなのだろうか。今ひとつ、香澄のことがわからなかった。

普段は無感情だが、桜子の死には大きなショックを受けていた。冷徹なように見えて、じつは心のなかに温かいものを持っている。そして、バスルームでオナニーに耽る淫らな一面も……。

「わたしにもよくわからないけど、桜子姉さんが家を出てから、輪をかけて負けず嫌いになったような気がする」

「そっか、母さんが関係してるのか……」

「ところでさ、コウちゃんってモテそうだよね」

冬美が話題を変えて、からかうように声をかけてくる。瞳には悪戯っぽい光が浮かんでいた。

「彼女とかいるの？」

「いないよ、そんなの……」

途端に歯切れが悪くなってしまう。彼女どころか、女性と話をすることすら苦手だった。冬美は姉のような存在なので問題ないが、どうしても女性を前にすると緊張してしまう。女ばかりの家で暮らしながら、なぜそんなことになってしまったのか。もちろん、原因はあの夜にあった。

「我が甥っ子ながら、けっこう男前だと思うのよね」

冬美が康介の心の傷のことまで知るはずがない。うろたえる反応が初心《うぶ》に見えたのか、楽しそうに笑っている。

「彼女がいないなら、わたしがつき合ってあげようか？」

「な、なに言ってんだよ」

「あっ、赤くなった」

そう言って笑う冬美の顔も、なぜか赤く染まっていた。

康介は返す言葉を失って黙りこんだ。なんとか矛先を変えたいが、とっさに別の話題を思いつかなかった。

「わたしのことは聞かないの？」

冬美がトーンを若干さげて、落ち着いた声で尋ねてくる。食卓に両肘をつき、手のひらで顎を支えていた。

「フユちゃんのこと？」

意味がわからず聞き返すと、六つ違いの叔母が不服そうに唇を尖らせる。そんな少女じみた表情も、童顔だから似合っていた。

「わたしのことには全然興味ないんだ」

なにやら雲行きが怪しい。

「わたしも独身なんだけどな……」

「あ、あの、フユちゃんはどうして独身なの？」

雰囲気を察して尋ねてみる。ところが、彼女は甘くにらみつけてきた。

「いいよ、無理して聞かなくても」

冬美はなぜか拗《す》ねている。本気で怒っているわけではないが、完全に臍を曲げてしまった。

リビングに気まずい沈黙が流れた。

冬美はどちらかと言えばさっぱりした性格だ。こういうときは、そっとしておくに限る。触らぬ神に祟りなし、とはよく言ったものだ。康介が静かにしていると、冬美はコーヒーを飲んで、なんとか気持ちを落ち着かせてくれた。

「先にシャワー、いいかな？」

「どうぞ、俺はテレビでも見てるから」

康介はソファに移動して横たわった。とくに観たいものはなかったが、リモコンでテレビをつけた。

冬美がバスルームに向かい、しばらくチャンネルを替えていたが、ふと邪《よこしま》な気持ちが湧きあがった。それでも、自分のなかで膨れあがるどす黒いものを無視して、身じろぎせずにテレビを見つづけた。

（フユちゃんが、シャワーを……）

頭のなかは叔母のことで占められている。テレビの内容などまったく入ってこなかった。

昨夜、香澄の入浴シーンを覗いて、異様なほど興奮したことを思いだす。冬美が入浴している姿を覗いてみたい。もうひとりのやさしい叔母の裸を、ひと目でいいから見てみたかった。

もうバスルームに入っているだろう。今頃、熱いシャワーを浴びて、うっとりとした溜め息を漏らしているかもしれない。

想像すると居ても立ってもいられなくなる。昨夜は思いがけないシーンに遭遇した。今夜もそういう幸運があるかもしれない。康介はソファから跳ね起きると、リビングを後にした。

足音を忍ばせて脱衣所に入りこんだ。

明かりはついていないが、曇りガラス越しにバスルームの光が漏れている。シャワーの音が響いており、冬美の白い裸身がぼんやり浮かんでいた。

（あ、焦るな、まずは……）

洗濯籠をチラリと見やる。昨夜は香澄の下着で、鼻血を噴きそうなほど興奮した。なにしろ女性と接する機会がなかったため、ブラジャーとパンティを手にしただけで昂った。

洗濯籠に歩み寄って覗きこむ。白いブラウスの上に、淡いピンクの小さな布地が載っていた。

（これは、もしかして……）

心臓の鼓動が速くなる。震える指先を伸ばして、極薄の柔らかい布地をそっと摘みあげた。

（おおっ！）

冬美のパンティに間違いない。縁にレースがあしらわれた可愛らしいデザインだ。早くも気分が高揚して、全身が燃えるように熱くなった。

明るくてやさしい叔母のパンティは、いったいどんな匂いがするのだろう。裏返してひろげてみる。すると、女性器に密着していると思われる股布の部分に、うっすらと縦長の染みができていた。

一瞬にして理性が吹き飛んだ。鼻先を布地に押し当てて、大きく息を吸いこんでみる。ほのかな汗の匂いと、チーズのような香りが混ざり合っていた。

「ううんっ……うううんっ」

染みの部分に鼻を擦りつけて、何度も何度も深呼吸する。生々しい女そのものの匂いに、頭の芯がジーンと痺れて全身が震えだした。

香澄のパンティとは、明らかに異なる香りだ。当然ながら、あの夜に嗅いだ匂いではない。香澄が熟成されたワインだとすれば、冬美はまだ若いボジョレ・

ヌーボーといった感じだろうか。いずれにせよ、牡の本能に訴えかけてくる、艶かしい芳香だった。

（これが、フユちゃんの匂いなんだ）

ボクサーブリーフのなかで、男根がむくむくと頭をもたげる。棍棒のように硬く漲《みなぎ》り、ジーンズのぶ厚い生地を突っ張らせた。

股間に手を伸ばして握り締めるが、ジーンズの上からでは刺激が弱い。そういえば、昨日の夜はスウェットを穿いていた。擦ってみるが、やはり昨夜ほどの快感は得られなかった。

（くっ、これじゃダメだ）

もどかしくなり、ジーンズのボタンを外してファスナーをおろす。グレーのボクサーブリーフには、すでに黒っぽい染みがひろがっていた。

バスルームのドアを見やる。

曇りガラスの向こうで、冬美がシャワーを浴びていた。まださほど時間は経っていない。しばらく出てくることはないだろう。

思いきって、ジーンズとボクサーブリーフを太腿のなかばまでずりさげる。いきり勃ったペニスが勢いよく飛び出し、下腹部をペチンッと打った。

亀頭は透明な汁でぐっしょり濡れている。硬くなった胴体部分には、太い血管が浮きあがっていた。パンティの匂いを嗅いだことで本能が煽られて、欲望が燃え盛っている。もう一刻の猶予もならないほど高まっていた。

「くううっ」

左手でパンティの船底を鼻に押し当てながら、右手の指を野太く成長した肉竿に巻きつける。たったそれだけで膝が小刻みに震えて、新たなカウパー汁が溢れだした。

（も、もう……）

興奮は最高潮に達している。大量の汁で指まで濡らしていた。

康介は陰茎を握ったまま、ふらふらとバスルームのドアに歩み寄った。左手に持ったパンティを鼻に押しつけて息を乱しながら、曇りガラス越しに叔母の女体を凝視した。

そして、本格的にペニスをしごきあげようとしたそのときだった。

「なにしてるの？」

突然、シャワーの音が途切れて、ドアが大きく開け放たれた。

白いタオルを乳房にあてがった冬美が、こちらをにらみつけている。これまで見たことのない、険しい表情になっていた。

「うっ……」

頭を殴られたような衝撃があり、一拍置いて絶望感が押し寄せてくる。康介は言葉に詰まって、血の気の引いた唇をわなわな震わせた。

もはや、この状況では言い訳のしようがない。なにしろ、勃起したペニスを剝きだしにして摑んでいるのだ。しかも、左手には冬美のパンティを握り締めて、思いきり匂いを嗅いでいた。

最悪だった。

よりにもよって、姉のように慕っている冬美に、欲望を剝きだしにした姿を見られてしまうなんて……。

できることなら逃げだしたい。すべてを投げだして、東京行きの新幹線に飛び乗りたい。だが、足がすくんで身動きすることもできなかった。

「まさか、コウちゃんが……」

冬美も言葉が出てこないらしい。裸体をタオル一本でかろうじて隠し、康介のことを見つめていた。

縦に垂らしたタオルが、胸もとから股間までを覆っている。滑らかなS字を描く女体のサイドラインは剝きだしだ。乳房にあてがったタオルを手で強く押さえているため、ひしゃげた柔肉がはみ出している。濡れて黒々と光る髪が、なよやかな肩に垂れかかっていた。

一気に興奮が醒めて、頭のなかが冷静になる。

軽蔑されたのは間違いない。もう目を合わせることができず、がっくりと首を折って顔をうつむかせた。

それでも、濡れた女体はしっかり脳裏に焼きついている。この絶体絶命の状況でも、つい視線が向いてしまう見事なプロポーションだ。顔には幼さが残っているが、身体つきは成熟期を迎えた女性だった。

「どうして――」

冬美が口を開いた。長い沈黙を破り、静かに語りかけてきた。

「どうして、そんなになってるの？」

声は消え入りそうに小さい。罵声を浴びせられると覚悟していたので、彼女の弱々しい声は意外だった。

恐るおそる顔をあげてみる。

すると、冬美はなぜか肩をすくめて、康介の股間を見つめていた。ペニスのことを指摘しているのは間違いない。気持ちは沈んでいるのに、女体を目にしたせいか勃起状態が継続していた。

「ねえ、どうして大きくなってるの？」

再び尋ねてくるが、どう答えればいいのかわからない。冬美は返答をうながすように、上目遣いに康介の顔を見つめてきた。

「え、えっと……ごめんなさい！」

腰を折って謝罪する。謝って許してもらえることではない。それでも、絶縁される前に謝っておきたかった。

「もう、いいよ」

冬美が肩からふっと力を抜いた。

なぜか声が柔らかくなり、いつもの調子に戻っている。どういうことか、まったくわからなかった。

「あ、あの……」

「少しは興味あるんでしょ」

冬美が顔を覗きこんでくる。からかうような口調になっており、目もとが微かに染まっていた。

「さっきは香澄姉さんのことばっかり聞いてたけど、ちょっとは、わたしにも興味があるのかな……なんて」

そう言うと、冬美は満足そうに微笑んだ。そして、片手でタオルを押さえて、もう片方の手で康介の手首を摑んできた。

3

「仕方ないな。いっしょに入っていいよ」

わけがわからないまま、バスルームに引きこまれてしまう。向かい合って立つと、彼女の背は康介の肩ほどしかなかった。

「こんなに大きかったんだ」

冬美はひとりごとのようにつぶやき、まじまじと見あげてくる。そして、おもむろにタオルを取り去り、一糸纏わぬ女体を露わにした。

「なっ……」

康介は思わず目を見開いて絶句する。突然のことに驚きを隠せない。いつも明るい笑顔を絶やさない叔母が、手を伸ばせば届く距離で、素肌を余すところなく晒していた。

「ちょ、ちょっと……」

「見てもいいよ。コウちゃんなら」

そう言うと、生まれたままの姿を披露してくれる。手で隠すこともせず、気をつけの姿勢で、羞恥に濡れた瞳を送ってきた。

大きくて張りのあるお椀型の乳房と、頂点に鎮座する透明感のあるピンクの乳首に惹きつけられる。細く締まった腰の曲線は高価な美術品のように滑らかで、尻はむっちり左右に張りだしていた。

「こ、こういうのは、まずいよ」

目の遣り場に困ってうつむくと、彼女の下腹部が視界に入ってしまう。うっすらとした秘毛が湯に濡れて、ワカメのように恥丘に貼りついていた。

「なにがまずいの?」

語りかけてくる冬美の声は穏やかだ。戸惑う康介に構わず手を伸ばし、シャツのボタンを外しはじめた。

「お、叔母さんだし……」

「じゃあ、叔母さんの下着の匂いを嗅いで、お風呂場を覗くのはまずくないの?」

それを言われると反論できない。決して許されないことをしたのは事実だ。今すぐ家から叩きだされてもおかしくなかった。

冬美はシャツを脱がすと、今度は太腿に絡まっているジーンズとボクサーブリーフに手を伸ばしてきた。

「それは……わっ！」

一気におろされて、つま先から抜き取られる。ついに全裸になり、康介の服は脱衣所に出されてしまった。

「どうせ、後で入るつもりだったんでしょ？」

「そうだけど……」

「わたしが洗ってあげる」

ドアを閉じると、冬美はシャワーヘッドを持ってカランをまわす。そして、すっと身を寄せて、噴きだした湯を康介の肩にかけてきた。

「熱くない？」

「う、うん……」

よくわからないまま返事をする。いったい、なにをするつもりなのだろう。怒っている様子はないが、考えていることが理解できなかった。

ペニスにも湯をかけられて、先走り液が洗い流される。この緊張感のなかでも相変わらず勃起は持続していた。

「ちょっと足を開いて」

素直に従うと、上向きにしたシャワーヘッドを脚の間に入れてくる。噴水のように噴きあがる湯が、陰嚢をサワサワとくすぐった。

「うほっ！」

「ふふっ、くすぐったい？」

叔母はまるで少女のように笑いながら、肛門のほうまでシャワーの湯をかけてくる。大学生の頃と変わらない無邪気な表情で、康介の股間を洗っていた。

「おっ……おおっ」

くすぐったさと気持ちよさが混ざり合い、思わず腰が揺れてしまう。それでも、冬美は股間にシャワーを浴びせつづけた。

「動いたら流せないでしょ、じっとしててね」

口ではそう言っているが、楽しんでいるとしか思えない。時間をかけて全身を丁寧に流すと、ようやくシャワーヘッドを壁のフックに戻した。

「じゃあ、洗うわね」

ボディソープを手のひらに取り、泡立てはじめる。やっと解放されると思ったのも束の間、これから康介の体を洗うらしい。

「もう、大丈夫だから……」

さすがにこれ以上は気が引ける。彼女は康介の叔母だった。遠慮しようとするが、冬美はドアの前にすっと移動した。

「いいじゃない。洗ってあげる」

「で、でも……」

彼女の手のひらが、胸板にそっと押し当てられる。泡がヌルリと滑り、いきなり心地よい刺激がひろがった。

「うんんっ」

思わず声が漏れてしまう。慌てて下唇を噛むと、冬美がすぐ近くから見つめてきた。

「立派になったのね」

大胸筋を確かめるように、胸板をゆっくり撫でまわされる。甘い吐息が鼻先をくすぐり、ペニスがますます硬くなった。

「か、香澄姉さんが帰ってきたら……」

「今日は遅くなるって言ってたから心配ないわ」

手のひらが乳首を擦るたび、甘美な電流が走り抜ける。刺激を受けることでぷっくり膨らみ、さらに感度がアップした。

「硬くなってきたよ」

「くううっ」

シャボンのヌメリを利用して、双つのポッチを執拗に摩擦される。快感は波紋のように全身へとひろがり、こらえきれずに腰がくねりだした。

「や、やっぱり、こんなこと……」

またしてもペニスの先端から欲望の汁が溢れだす。困惑してつぶやくと、冬美が悲しげな瞳を向けてきた。

「わたしじゃ……いや？」

これまで聞いたことのない、自信なげな声だった。見あげてくる瞳は、恋する乙女のように揺れていた。

同居していた頃、冬美はずいぶんとモテていたようだ。いろいろな男から電話がかかってきて、康介も何度か取り次いだことがある。でも、冬美は好きな人がいたのか、デートの誘いを断っていたようだった。あの様子だと、おそらく経験は少ないだろう。

「もう、鈍感なんだから」

冬美が唇を尖らせる。そこまで言われて、初めて彼女の気持ちに気がついた。

「今だけ、いいでしょ？」

手のひらで重点的に乳首を擦られる。とてもではないが耐えられず、膝までガクガク震えだした。

「ううっ……うううっ」

「腰が動いてるよ。乳首が感じるのね」

冬美も息を荒らげている。見つめてくる瞳がしっとり潤み、しきりに唇を舐めまわす。手のひらが胸板からゆっくりさがり、腹筋を泡まみれにする。指先が陰毛を掠めて、嫌でも期待感が高まった。

「くうッ、そ、そこは……」

「ここが、どうかしたの？」

そそり勃った肉柱の周囲を泡まみれにするが、なかなか本体には触れてもらえない。冬美は男にあまり慣れておらず、戸惑っているのではないか。男根はさらに反り返り、先端から透明な汁を滴らせた。

「フ……フユちゃん」

「触ってほしいの？」

「くうううッ！」

たまらず呻き声が溢れだす。ついに彼女の細い指が、陰茎に巻きついた。女性にペニスを触れられるのは、あの夜以来のことだった。

鉄のように硬くなったペニスを、柔らかい手のひらで包みこまれる感覚は格別だ。しかも、シャボンがヌルヌルと滑り、言葉では言い表せない快感を生み出していた。

「うううッ、くううッ」

握られただけでも、下腹部を快感が吹き荒れる。頭のなかが燃えあがり、亀頭の先端からカウパー汁が噴きだした。

「ああ、硬い……コウちゃんが、こんなに男らしいなんて」

冬美は溜め息混じりにつぶやき、指をじんわりとスライドさせる。ためらいがちに肉竿をやさしく擦られて、快感の波が押し寄せてきた。それほど上手くはないが、気持ちいいことに変わりはなかった。

「おおおッ、ちょっ、ま、待って」

慌てて声をかけるが、聞く耳を持ってもらえない。屹立したペニスをゆったりしごかれると、瞬く間に頭のなかが快楽で埋め尽くされる。全身の毛穴が開いて汗が噴きだし、早くも射精感が盛りあがった。

「あぁンっ、すごい、ピクピクしてる」

身体をぎこちなく寄せて、乳房を腕に押しつけてくる。柔らかくひしゃげる感触が心地いい。手コキの快感が倍増して、全身の産毛が逆立った。

「ううッ、で、出ちゃうよっ」

情けない声で訴えるが、手淫は加速する一方だ。敏感なカリの上を、シャボンにまみれた指が滑らかにスライドする。自分の手でしごくのとは比較にならない愉悦がひろがった。

「くおおおッ、ダ、ダメだっ」

「なにがダメなの?」

「で、出ちゃうっ、出ちゃうよっ」

「いいよ、いっぱい出して」

冬美の声が引き金となり、ついに男根が脈動を開始する。竿は野太く漲り、亀頭も破裂寸前まで膨張していた。尿道口がぱっくり開いたかと思うと、白いマグマが勢いよく噴きあがった。

「で、出る出るっ、おおおッ、うおおおおおおおッ！」

獣のような唸り声が、バスルームの壁に反響する。叔母の柔らかい手のなかで射精して、たまらず腰をよじりたてた。

「ああっ、すごい、すごいわ」

噴きあがる精液を目の当たりにして興奮したのか、冬美も感極まったような声を漏らしている。射精中もペニスをねちねちしごかれて、驚くほど大量のザーメンを放出した。

4

凄まじい快感だった。

勢いよく飛び散った欲望汁が、叔母の手にべったり付着している。牡の生臭い匂いもバスルームに充満していた。

「ご、ごめ……フ、フユちゃん……」

謝ろうとするが、まともにしゃべることができない。激しい絶頂の余韻が、全身を甘く痺れさせていた。立っているのも、やっとの状態だった。

「たくさん出たね」

冬美がはにかんだ笑みを向けてくる。そして、シャワーで自分の手を洗い、ペニスについたザーメンとシャボンを遠慮がちに流してくれた。

「どうして、こんなこと――」

「はい、綺麗になったよ」

康介の疑問は、叔母の声に掻き消されてしまう。こんなとき、いったいなにを言えばいいのだろうか。

「あ、ありがとう……」

おずおずと小さな声で礼を言う。射精させてもらった直後に言葉を交わすのは、どうにも照れ臭かった。

「どういたしまして」

おどけた調子で言うと、冬美は再びおずおずとペニスに指を巻きつけてきた。

「うっ……な、なに？」

萎えかけていた肉棒を握られて、全身がビクッと反応する。眠ろうとしていたところを、強引に叩き起こされた気分だ。

「もう少しだけ……触っててもいい？」

「い、今は……くううっ」

射精した直後のペニスをしごかれる。途端に、くすぐったさをともなう快感が沸き起こった。

「ううっ……イ、イッたばっかりだから」

訴えるがやめてもらえない。冬美は身体をぴったり寄せて、乳房を肘に押し当ててくる。その状態で、陰茎をねちねちいじりまわしてきた。

「ダ、ダメだって」

「でも、気持ちいいんでしょう？」

耳に息を吹きこみながら囁かれる。肘に当たっている乳房の柔らかさも、満足しかけていた本能を揺さぶった。

「うわっ、うわわっ」

腰をよじらずにはいられない。反射的に彼女の手首を摑むが、そのまま擦られると、陰茎はいとも簡単に硬さを取り戻した。

「あ……また元気になってきた」

彼女の手のなかで、ペニスは完全に復活している。隆々と反り返り、竿の部分には稲妻のような血管が浮かびあがった。

「くううっ、む、無理だよ」

「すごい、もうこんなに……本当に逞《たくま》しくなったのね」

冬美が目を細めてつぶやいた。

「うちに来た頃は、まだ可愛い男の子だったのに」

母親がこの家に出戻ったとき、康介は中学生になったばかりだった。当時、十九歳だった冬美の目には、子供としか映らなかったのだろう。

「居場所がなくて、おどおどしてたよね」

冬美の声は穏やかだ。懐かしそうに話しながらも、ペニスに巻きつけた指をスライドさせる。ゆったりとしごき、焦《じ》れるような快感を送りこんでいた。

「すごく不安そうだった……覚えてる？」

「う、うん……」

男根をやさしく握られたまま返事をする。快楽に身をよじりながら、この家に引っ越してきた日のことを思い返した。

——康介、ごめんね。

住み慣れたアパートを出る朝、母が抱き締めてくれたことを覚えている。震える声でつぶやき、頭を何度も何度も撫でてくれた。

まだ子供だった康介にも、母の苦しい立場がなんとなくわかった。実家に戻ることで、康介が肩身の狭い思いをすることを憂《うれ》えていた。

母が弱音を吐いたのは、後にも先にもあの一度だけだった。

きっと不安だったのだろう。どんなときでも明るく前向きな母が、嗚咽《おえつ》を漏らしたことに驚かされた。

わずかな荷物を宅配便で送り、身ひとつで母親の実家に向かった。

日曜日だったこともあり、家族全員に迎えられた。とはいっても、もちろん歓迎ムード一色ではない。とくに香澄は最初から不機嫌さを隠そうとせず、祖父母に窘《たしな》められていた。

その後、祖父母と香澄、そして母が食卓を囲んだ。なにやら深刻な顔で話し合っていたが、康介は冬美に連れだされた。子供には聞かせたくない話が、いろいろあったのだろう。

——コウちゃん、って呼んでもいい？

家のなかを案内しながら、冬美は不安に駆られている康介をやさしく元気づけてくれた。

――わたしのことは、フユちゃんて呼んでね。

握られた手が温かかった。

冬美のおかげで、この家に馴染むことができたのは間違いない。姉のように接してくれて、康介も徐々に心を開いていった。

――わたしは、ずっとコウちゃんの味方だよ。

彼女の言葉は胸の奥にしっかり刻みこまれていた。

あの温かい手で、今はペニスを握られている。ゆるゆるしごいて、身悶えするほどの快楽を送りこんできた。

「くううっ、そ、そんなにされたら……」

「弟ができたみたいで嬉しかった」

彼女の言葉は本心だろう。憐憫《れんびん》や同情とは違う、心から滲みでるやさしさを感じていた。

「お……俺も……フユちゃんのこと、姉さんみたいに……」

康介も胸のうちを吐露して腰をよじった。

もし冬美がいなかったら、この家での生活は窮屈なままだったに違いない。母は決して涙を見せず、笑顔を絶やさなかった。少なくとも康介の前では気丈に振る舞っていた。とはいえ、香澄に冷たく当たられている姿を何度も目撃している。そんななかで、冬美はいつでも康介の味方だった。

「姉さんか……」

そうつぶやく冬美の顔に、一抹の淋しさが浮かんだ。ところが、それは刹那のことで、すぐに気を取り直したように男根をしごきたててきた。

「もうビンビンだよ。気持ちいい?」

「ううっ、フ、フユちゃん」

「いろんな女の子と、こういうことしたの?」

肉柱の先端から透明な汁が滲みでている。張り詰めた亀頭をりんご飴のようにテカらせて、やさしい叔母の指までしっとり濡らしていた。

このまままつづけられたら、すぐに昇り詰めてしまう。先ほど発射したばかりだというのに、早くも二度目の波が近づいていた。

「も、もうっ……」

我慢できなくなると思ったとき、唐突に叔母の手が離れた。解放されたペニスが虚しく揺れて、盛りあがった絶頂感が遠ざかる。快感が宙ぶらりんになり、無意識のうちに股間を突きだした。

「ど……どうして？」

思わず問いかけると、冬美は「ふふっ」と悪戯っぽく笑った。

「今度は、わたしも洗ってほしいな」

ボディソープのボトルを手に取ると、康介の手のひらに垂らしてくる。そして、期待に濡れた瞳で見あげてきた。

「俺が……フユちゃんを？」

困惑して確認するが、彼女は頬をそめるだけでまったく引く様子がない。それどころか、大きな乳房をプルプル揺らしておねだりしてきた。

「コウちゃんに洗ってほしいの」

「で、でも……」

「触ったことないの？」

先ほどは流されるまま洗ってもらったが、自分から生身の女性に触れるのは緊張する。しかも、彼女は亡き母の妹だ。こうして裸で向き合っていること自体、おかしなことだった。

「ねえ、お願い」

乳房を揺すりながら、上目遣いに見つめられる。愛らしい顔立ちなので、破壊力は抜群だ。康介は勢いに押されて、思わず頷いていた。

「わ、わかった、ちょっとだけ」

「ほんと？　嬉しい」

冬美は少女のような笑みを浮かべると、両手を自分の頬にあてがった。両肘で乳房を挟みこむ格好になり、柔らかく形を変える。昂っているらしく、乳首が尖り勃ってピンクが濃くなっていた。

「じゃ、じゃあ……」

ボディソープをよく泡立てると、手のひらを叔母の肩にそっと重ねていく。いきなりヌルリと滑り、なおのこと緊張感が高まった。

「あンっ」

冬美の唇から小さな声が溢れだす。くすぐったそうに肩をすくめて、リスのような瞳で見つめてきた。

滑らかで染みひとつない肌に、シャボンをゆっくり塗り伸ばす。皮膚の表面を掃くように撫でれば、冬美はもどかしげに身をよじり、半開きになった唇から溜め息を漏らした。

「はぁ……そんなに、やさしく触られたら……」

「も、もしかして……」

康介の声は掠れている。極限まで緊張しており、心臓が胸を突き破って飛びだしそうだった。

「こうすると、気持ちいいの？」

「そっか、あんまり慣れてないのね」

少し嬉しそうにつぶやくと、冬美は心地よさげな溜め息を漏らした。

「じゃあ、わたしがいろんなことしちゃおうかな」

「い、いろんなこと、って？」

康介は思わず生唾を呑みこんだ。指先で叔母の首筋をすっと撫でると、女体に小刻みな震えが走り抜けた。

「はンンっ……おっぱいも、洗ってくれる？」

リクエストされたら断るわけにはいかない。手のひらをゆっくり滑らせて、双乳を包みこむ。シャボンでやさしく撫でまわし、野苺のように膨らんだ乳首を転がした。

「こ、こうかな？」

「あンっ、そう」

冬美がくなくなと腰をよじりはじめる。乳首が感じるのか、声が甘えるような響きになっていた。

「もっと、強くして」

「こう？　これでいいの？」

乳房全体を手のひらで覆って、指先にそっと力をこめる。泡で滑って逃げてしまうが、じっくり柔肉を揉みしだいた。

「ああンっ、上手よ」

「滑っちゃうよ」

「もっと、何度もして……はああンっ」

冬美の喘ぎ声が徐々に大きくなっていく。双つの乳房を揉みあげるたび、ぴったり閉じた内腿をもじもじさせる。くびれた腰をくねらせて、眉を切なげに歪めていた。

（フユちゃんが、俺の手で感じてるんだ）

自分の愛撫で、女性が性感を蕩かせている。乳房を揉みしだき、乳首を転がすことで、冬美がいやらしく腰を振り、喘ぎ声を振りまいていた。

（こんなことが……すごいぞ）

軽く乳首を擦れば、まるで魔法にかかったように女体が悶える。康介はかつてない高揚感のなか、夢中になって乳房を揉みまくった。

「ああっ、なんて柔らかいんだ」

「あっ……あっ……コウちゃん」

名前を呼ばれるたび、愛撫に熱が入る。ペニスは大きく反り返り、ぱっくり割れた鈴割れから、欲望の汁が滾々《こんこん》と溢れていた。

「ああンっ、下のほうも……」

冬美が掠れた声でつぶやき、熱い瞳で見つめてくる。康介が困惑して息を呑むと、我慢できないとばかりに腰をよじらせた。

「お願い……触って」

「で、でも……」

「女の人の身体、洗ったことないの？」

「う……うん」

康介は視線を逸らすと、正直に頷いた。

「そうなんだ……じゃあ、わたしの言うとおりに」

言われるまま、手のひらを下半身へと滑らせていく。

泡はほとんど消えていたが、もはや本気で洗うつもりなどない。魅惑的な曲線を描く腰を撫でながら、ふっくらとした恥丘に到達する。濡れて張りついた秘毛を左右に掻きわけて、縦溝を指先でそっとなぞりまわした。

「あンっ、もっと、ああンっ」

冬美は直接的な刺激を欲している。焦れたように腰をよじり、切羽詰まった様子で訴えてきた。

(い、いいのか?)

これまで女性器に触れた経験はない。緊張しながら、右手の中指を縦溝に沿って滑らせていく。冬美が太腿を少しだけ開いてくれたので、思いきって指をねじこんだ。

「ああンっ、やさしく」

柔らかい部分に触れた途端、女体がピクッと反応する。太腿にも力が入り、指が挟みこまれた。

「そ、そこ、あああっ」

「これが、フユちゃんの……」

叔母の陰唇に触れている。まさか、こんな日が来るとは思いもしない。柔らかい恥肉の感触に、異様なほど興奮が高まった。

指先に粘り気のある液体を感じる。乳房への愛撫で濡らしたらしい。愛蜜を塗り伸ばすように、割れ目をなぞってみる。すると途端に、女体の悶え方が大きくなった。

「ああっ、そこは、はあぁっ」

「これがいいの?」

「そ、そう、いいの」

どうやら、軽く触れるだけで感じるらしい。それならばと、割れ目に沿って何度も指を滑らせた。

「あっ……ああっ……」

喘ぎ声がどんどん艶を帯びていく。華蜜の量も増えて、陰唇が妖しく蠢きはじめる。充血してふっくらしたかと思うと、ぱっくり口を開いて内側から大量の愛蜜を溢れさせた。

「お漏らししたみたいになってるよ」

思わずつぶやくと、冬美が拗ねたような瞳を向けてくる。そして、反撃のつもりなのか、男根を握り締めてきた。

「そんなこと言うと、こうなんだから」

いきなり刺激されて、鎮まっていた快感が膨れあがる。

「ちょっ、ダ、ダメだって」

このままでは、すぐに追いこまれてしまう。康介は淫裂をなぞっていた指先に力をこめて、蜜壺のなかに埋めこんだ。

「はああンっ」

冬美の声が大きくなる。充分に濡れそぼった女壺は、あっさり指先を受け入れた。まるで咀嚼するように膣襞が波打ち、奥まで呑みこんでいく。

「うわっ、吸いこまれてくよ」

「あああッ、そんな、奥まで……」

よほど感じるのか、腰砕けになって喘いでいる。それでも、女穴は指をしっかり食い締めて、右手ではペニスを握りこんでいた。

「ああッ、奥はダメ、あああッ」

「俺じゃないよ、フユちゃんが……くううッ」

陰茎をしごくスピードがあがり、康介の口からも呻き声が溢れだす。先ほど寸止めされたので、一気に沸点に達してしまう。頭に血が昇って視界が真っ赤に染まり、腰と膝が震えだした。

「ううッ、そ、それ以上は……」

「あンっ、まだダメよ」

またしても絶頂寸前で手を離される。

今度はなにをするのかと思えば、冬美は背中を向けるなり、腰を九十度に折って湯船の縁に両手をついた。

「来て……」

振り返って流し目を送ってくる。彼女なりの精いっぱいの媚態に違いない。いつも元気で明るい冬美が、普段は決して見せることのない女の表情で挿入を求めていた。

「で、でも……」

この期《ご》におよんで躊躇してしまう。

目の前には前屈みになった女体がある。むっちりしたヒップを掲げて、挿入をねだっていた。目の前の光景に情念を煽られて康介の欲望も限界まで膨れあがっている。だが、相手は叔母だった。最後の一線を越えるのだけは、さすがにまずい気がした。

「早く来て……お願い」

冬美がヒップをくねらせる。腰がくびれているので、双臀の肉づきが強調されていた。

「おっ……おおっ」

臀裂が誘っているようで、どうしようもなく牡の本能を掻きたてられる。見ていると、ますます我慢できなくなってしまう。そう気づいたときには、もう視線を逸らせられなくなっていた。

ついつい震える両手を伸ばして、尻たぶに重ねていった。滑らかな肌に触れた瞬間、全身の血液が沸騰したような錯覚に囚われる。尻たぶを割り開くと、サーモンピンクに濡れ光る陰唇が露わになった。

勃起したペニスがビンッと跳ねあがり、新たな先走り汁が大量に噴きだした。それでも、挿入していいものかどうか迷いがある。挿《い》れたくて仕方ないが、理性が邪魔をしていた。それに、上手くできるか自信がない。なにしろ、たった一度しか経験がないのだから。

「大丈夫……わたしは、ずっとコウちゃんの味方だよ」

一瞬、自分の耳を疑った。

偶然でないことは、彼女の瞳を見れば明らかだ。

かつて康介にかけてくれた言葉を、驚いたことに冬美は覚えていた。この家に引っ越してきたばかりの頃の話だ。まだ子供だった康介は、あの言葉にどれほど救われたことか。

「フユちゃん……や、やっぱり……」

「いいよ。来て……大丈夫だから」

冬美も慣れているようには見えない。それでも、彼女の言葉には逆らえないやさしさがある。導かれるように、ペニスの先端を濡れた膣口にあてがった。

「あンっ、そう……ゆっくり」

軽く体重をかけてみる。すると、先端がヌプリと沈みこみ、瞬く間にカリ首まで収まった。

「くううッ」

「ああンっ、入ったよ」

冬美が濡れた瞳で振り返る。小鼻を膨らませて、掠れた声でつぶやいた。

「ほら、できたでしょ?」

「お、俺のが……フユちゃんのなかに……」

「もっと……もっと奥まで」

叔母の声がバスルームの白い壁に反響した。

彼女の言葉に勇気をもらい、さらに腰を押し進める。みっしり詰まった媚肉を掻きわけて、亀頭がズブズブと沈みこんでいく。途端に快感がひろがり、康介は奥歯を強く食い縛った。

「き、気持ち……うぐぐッ」

股間を見おろすと、己の男根が恥裂のなかにずっぷり埋まっていた。ついに叔母と繋がったのだ。人生二度目のセックスは、初体験からじつに七年が経過していた。

照明の眩い光を浴びて、叔母のヒップが濡れ光っている。快感が大きすぎて動かすことができない。女壷で締めつけられて、頭の芯まで痺れきっている。極限まで硬くなったペニスを、濡れそぼった媚肉でねぶられていた。

「す、すごい……うむッ」

「コウちゃんとひとつになったのね……はああンっ」

冬美が感慨深げにつぶやき、ヒップを前後に揺すりだす。肉柱がヌプヌプとしごかれて、頭のなかが真っ赤に燃えあがった。

「そ、そんなっ……おおッ、おおおッ」

押し寄せてきた快感の大波に、全身が飲みこまれる。叔母の動きが呼び水となり、たまらず細腰を摑んでピストンを開始した。勢いよく男根を叩きこみ、奥の奥まで抉りまくる。結合部分から湿った音が響き渡り、尻たぶが打擲《ちょうちゃく》音を奏ではじめた。

「ああッ、はああッ、い、いいっ」

叔母の喘ぎ声が鼓膜を心地よく震わせる。股間を見おろせば、サーモンピンクの花弁を巻きこみながら、肉柱が出入りを繰り返していた。

「くううッ、お、俺も、気持ちいいっ」

「ああッ、すごいよ、あああッ」

冬美が前屈みの女体をくねらせる。浴槽の縁を強く摑み、背筋をぐっと反らしていく。首が座らない感じでガクガク揺れて、あられもないよがり声を振りまいた。

「はああッ、もっと、もっと奥までっ」

「うおおおッ、フユちゃんっ」

蜜壺が思いきり収縮して、男根が締めつけられる。快感の塊が背筋を駆けあがり、脳天まで突き抜けた。理性が溶岩のように蕩けて流れ出し、もうなにも考えられなくなった。

「おおおッ、おおおおおッ」

本能のままに突きまくり、クチュッ、ニチュッ、という蜜音が湧き起こる。女壺の反応も凄まじい。膣襞がザワザワと絡みつき、ペニスが思いきり絞りあげられた。

「あああぁッ、コウちゃん、すごくいいっ」

冬美の喘ぎ声が切羽詰まり、尻たぶが痙攣する。互いの快感が伝播して、二人同時に昇っていく。

「くおおおッ、で、出るっ、出るよっ」

「はああッ、わたしも、イッちゃいそうっ」

康介が唸りながら突きまくれば、冬美も尻を左右に振りたくる。肉の愉悦を共有して、ついに二人はアクメの波に呑みこまれた。

「うわあああッ、もうダメだっ、ぬおおおおおおッ！」

ついにオルガスムスの嵐が吹き荒れる。下腹部で爆発が起こり、灼熱のザーメンを思いきり注ぎこんだ。

「ああああッ、熱いっ、はああああッ、イクっ、イッちゃううううッ！」

同時に冬美も昇り詰める。立ちバックで尻を振りたくり、膣奥で甥の射精を受けとめて、叔母の絶頂する声がバスルームに響き渡った。

第三章　七年ぶりの絶頂

1

「おはよう」

康介は洗いざらしのTシャツにスウェットという姿で階段をおりると、リビングのドアの前で洗面所から来た香澄と鉢合わせた。

髪は寝癖だらけで、瞼が腫れぼったい。昨夜は疲れていたのに、神経が昂っているせいか、なかなか寝つけなかった。腰が重く感じるのは、久しぶりに激しく動いたせいだろう。

「ずいぶん眠そうね」

ドアノブに手を伸ばした香澄が、ちらりと視線を送ってきた。

白のブラウスにダークグレーのタイトスカートを穿いている。昨日も遅く帰ってきたようだが、眠そうな素振りはいっさいなかった。

「そ、そんなことないよ」

昨夜のことを悟られるわけにはいかない。慌てて誤魔化そうとするが、動揺して目が泳いでしまう。

（や、やばい……）

内面を見透かすような視線にますます焦り、心臓の鼓動が速くなった。

今、問い詰められでもしたら、間違いなくぼろが出る。さりげなく顔をそむけるが、まだ香澄の視線を感じていた。これ以上、話しかけないでくれと心のなかで必死に祈るしかなかった。

「眠れないのね」

そのとき、香澄がぽつりとつぶやいた。意外な言葉だった。いたわるような声が、胸にすっと流れこんできた。

「無理もないわ……」

母親のことで落ちこんでいると思ったらしい。香澄の声には珍しく力が感じられなかった。

「桜子が……突然だったものね」

言葉数は少ないが、温かい気持ちが伝わってきた。

本当は心根のやさしい人なのだろう。でも、なぜか彼女はそういった一面を見せないようにしていた。

「時間が解決してくれるのかな」

「どうかしら……」

香澄は頷かなかった。

なにかを胸に抱えこんでいる。人には言えない重大なものを……。叔母を見ていると、そんな気がしてならなかった。二人してリビングに入ると、食卓についた。

「香澄さんも、母さんのこと思ってるんだね」

そう語りかけた途端、香澄は我に返った様子で表情を引き締める。そして、何事もなかったように朝刊を開いた。

──あの二人、昔はすごく仲がよかったの。

冬美の言葉を思いだす。

強がっているが、双子の姉を亡くしたショックを引きずっているのかもしれない。しかし、生前にあれほど冷たく当たっていたことを思うと、なにか釈然としなかった。

それに、パンティの匂いのことが心に引っかかっていた。

冬美の匂いを嗅いだことで、なおのこと香澄に対する疑惑が深まっている。あれだけ個人差があるとするのなら、七年前に嗅いだあの香りに似ているというだけでも怪しく感じた。

「コウちゃん、おはよう」

冬美がリビングに入ってきた。

濃紺のタイトスカートを穿き、純白のブラウスを身につけている。ロングヘアは黒々と輝いており、うっすらしたメイクが童顔の彼女によく似合っていた。妙に肌艶がいいように見えるのは、気のせいではないだろう。

「お、おはよう」

平静を装って挨拶するが、昨夜のことを思うと気まずかった。

斜め向かいに座っている香澄を気にしつつ、冬美の膨らんだ胸もとに、ついつい視線が惹き寄せられてしまう。昨日はバスルームで、あの大きな乳房を好き放題に揉みまくった。それだけではなく、バックから挿入して腰を振り、思う存分ザーメンを注ぎこんだ。

(俺は、なんてことを……)

絶対にあってはならないことだった。

今さらながら、後悔の念がこみあげてくる。いけないと思いつつ、雰囲気に流されて血の繋がった叔母と関係を持ってしまった。

思い悩む康介とは対照的に、冬美の表情はいつにも増して楽しげだ。香澄がいるというのに、口もとに笑みを浮かべていた。

「コーヒー、淹れてあげようか？」

明るく尋ねられて、戸惑ってしまう。彼女の表情には罪悪感の欠片《かけら》も感じられず、それどころか浮かれているのが丸わかりだった。

「ブルーマウンテンでいいかな」

キッチンに向かった冬美は、康介の返事を聞く前にコーヒーミルの準備をはじめる。朝は忙しいからインスタントだと言っていたのに、どうやら豆を挽《ひ》いてくれるらしい。

「時間ないんでしょ、インスタントでいいよ」

康介が声をかけたときには、冬美はすでにやかんを火にかけて、豆を挽きはじめていた。

「なに遠慮してるの。美味しいの淹れてあげる」

「う、うん、ありがとう」

突っぱねるわけにもいかず頷くが、香澄の反応が気になった。

新聞に視線を落としていても、こちらの会話は耳に入っているだろう。つい先ほど、母のことを思いだして神妙な顔をしていたので、余計に冬美の能天気さが気になるに違いない。

「ずいぶん機嫌がいいのね」

ふいに香澄が口を開いた。感情を無理に押し殺したような、抑揚のない平坦な声だった。

「そうかな？」

冬美は口笛さえ飛び出しそうな気軽さで答えながら、コーヒーを淹れている。

キッチンから香ばしい匂いが漂ってきて、リビングにひろがっていた。

（頼むから、普通にしてくれ）

康介は胸底で必死に祈った。香澄に勘づかれでもしたら、どう言い訳すればいいのだろう。考えただけでも恐ろしかった。

「はい、どうぞ」

冬美がトレーを手にしてやってきた。コーヒーカップを康介と香澄の前に置くと、こんがり焼いたトーストとサラダも出してくれる。そして、にこにこしながら正面の席に腰かけた。

「ううん、いい香り。やっぱりブルーマウンテンね」

ひとりで満足げにつぶやいている。どこからどう見ても浮かれていた。

「あ、そうそう。今日、ちょっと帰りが遅くなりそうなの」

冬美が康介だけに話しかけてくる。会社で送別会があり、どうしても抜けられないという。お世話になった人なので、すぐに帰るわけにもいかず、二次会までは出るつもりらしい。

「晩ご飯、作ってあげられないの、ごめんね」

顔の前で両手を合わせて謝罪してくる。康介は心のなかで、もうやめてくれと懇願した。

「別にいいよ、弁当でも食べるし」

「でも、ひとりじゃ淋しいでしょ？」

確認するまでもなく、香澄の帰りは遅いのだろう。考えてみれば、冬美はいつもひとりで夕飯を食べていることになる。自分が淋しい思いをしているから、気にするのかもしれなかった。

「もう慣れてるって」

香澄の目を気にして、わざと軽く言い放つ。それに東京のボロアパートでは孤独だけが友だちだ。コンビニ弁当をひとりきりで食べたところで、もう虚しさすら感じなくなっていた。

「そんなこと言って、本当は淋しいくせに。なるべく早く帰ってくるね」

冬美は恋する乙女のように瞳を輝かせていた。

(ちょっと、まずいって)

額にじんわり汗が滲んでしまう。

どんなに康介が普段どおりに振る舞ったところで、冬美がこの調子ではどうにもならない。こんなあからさまな態度では、二人の間になにかあったと言っているようなものだった。

実際、香澄は訝《いぶか》るような瞳を、冬美と康介に向けていた。

なにも言わないが、二人のことを怪しんでいるに違いない。康介は視線を合わせないようにしながら、サラダに和風ドレッシングをかけて頰張った。

2

二人の叔母が出勤すると、ほっとしたのか急に力が抜けた。

リビングのソファに腰かけてぼんやりする。テレビをつける気力もなく、ただ宙に視線を漂わせていた。

脳裏に浮かぶのは、母との思い出だった。

――俺、東京に行く。

このソファに座って、そう切り出した。

高校卒業を目前に控えたある日のことだった。母はキッチンで夕飯の支度をしていた。

目を見開いた母の表情は、今でもはっきり覚えている。

あの夜の一件以来、まともに口をきいていなかった。母子の関係を修復するのは不可能だ。もういっしょに暮らしていくのは無理だと思っていた。だから、母が悲しげな顔をしても、まったく心は揺れなかった。

(俺は……親不孝だったのか?)

胸のうちで、自分自身に問いかける。

親不孝に決まっている。親の死に目に会えなかったのだ。たとえ、どんな母親だったとしても、これほどの親不孝はなかった。

ふらふらと立ちあがり、リビングを後にして和室に向かう。

仏壇に歩み寄り、くずおれるようにへたりこんだ。遺影を前にすると、二度と立ちあがる気力が起きないほどの、深く重い悲しみがこみあげてきた。

(母さん、怒ってる?)

心のなかで問いかける。

母は遺影のなかで静かに微笑んでいるだけだ。なにも言ってくれないが、聞かなくても答えはわかっていた。

決して声を荒らげることのない穏やかな人だった。

――つらくなったら帰っておいで。

康介が自分勝手に東京行きを決めたときも、悲しみをこらえて、そう声をかけてくれた。そんな母が怒るはずがない。いつでも天国から見守ってくれている気がする。今頃になって、ようやく母の偉大さがわかってきた。

――東京でやりたいことがあるのね。相談してくれればよかったのに。

目を閉じれば声がよみがえってくる。

どうして、あそこまでやさしくなれるのだろう。康介は目も合わせなかったのに……。

だからこそ、あの夜のことがわからなかった。

康介の人生は、これからもつづいていく。母親を失った悲しみを、乗り越えていかなければならない。そのためにも、七年前のあの夜のことをはっきりさせたい気持ちが強くなった。

いつまでも物思いに耽っているわけにはいかない。なにか家の手伝いをしようと思う。とはいっても、康介にできるのは掃除くらいしかなかった。

昨日は一階を綺麗にしたので今日は二階だ。まずは階段を雑巾掛けしながらあがっていく。掃除機も引っ張り出してくるが、考えてみたら叔母たちの部屋に入るのはまずいだろう。廊下と自分の部屋だけなので、あっという間に終わってしまった。

多少は手伝いになっただろうか。弁当を買いに行くのは面倒なので、昼食はインスタントラーメンで簡単にすませた。

暇になると、またあの夜のことが頭に浮かんでしまう。この家に帰ってきてからずっとこうだ。

母親と関係を持ってしまったと思いこみ、ずっと冷静になれずにいた。遣り場のない憤怒と罪悪感が先行して、まともに考えることができなかった。だから、できるだけ思い返さないようにしていた。

でも、今なら少しは冷静に分析できる。

暗くて顔は見えなかった。窓から差しこむ月明かりをバックに、女体のシルエットを目にしただけだ。髪型は母に似ていたが、香澄もほどけば同じくらいの長さだろう。

喘ぎ声は耳に残っている。とはいえ、日常生活で出す声とは異なるうえ、母と香澄の声はそっくりだ。ただ、ひと言だけ「康介」とつぶやいた。あの呼び方をするのは母だけだった。

(ちょっと、調べてみるか)

悶々と考えていてもはじまらない。まずは脱衣所に足を運んだ。もう一度、下着の匂いを嗅げば、なにかわかるような気がする。ところが、洗濯籠にはなにも入っていなかった。冬美がまとめて洗濯しているのだが、どうやら今朝がその日だったらしい。

康介は気持ちを引き締めると二階にあがり、香澄の部屋の前に立った。掃除機をかけるために勝手に部屋に入るのは気が引けるが、七年前のことを調べるためなら話は別だ。母の名誉のためにも、真相を解明しなければならなかった。

ドアレバーに手をかけて、緊張しながら押し開いた。

甘い匂いがふわっと漂ってくる。化粧品か香水の香りのようだ。急に怖じ気づくが、それでも室内に足を踏み入れる。すると、意外なことにピンクを基調にした空間がひろがっていた。

絨毯は肌色に近い落ち着いたピンクで、カーテンは淡いピンクの地に小花を散らした模様だ。壁際のベッドに目を向ければ、ベッドカバーも枕カバーもやはり愛らしいピンクだった。

あの気の強い香澄に、こんな少女チックな趣味があるとは驚きだ。普段は気を張っているが、本当はか弱い女性なのかもしれない。この部屋を見ていると、そんな気がしてならなかった。

窓際に置かれたデスクに歩み寄る。整理整頓されており、香澄の几帳面さが表れていた。

「あっ！」

木製のフォトフレームを目にした瞬間、

（これって……）

手に取って写真をまじまじと観察する。

おそらく、高校生のときに撮ったのだろう。セーラー服を着た香澄と母が並んで写っていた。二人とも満面の笑みを浮かべており、どこからどう見ても仲のいい双子の姉妹だった。

今も母とのツーショット写真を飾っていることに驚かされる。ますます、香澄のことがわからなくなってきた。

フォトフレームを戻して見まわすが、とくに変わったものは見当たらない。勢いで部屋に侵入したが、なにを調べればいいのだろう。

簞笥《たんす》の引き出しを開けてみる。パンティが整然と並んでいるのを発見して、思わず息を呑んだ。ピンクに白に黒、さらにパステルカラーや花柄など、鮮やかな色彩が目についた。

抱いていた印象とずいぶん違う。仕事ばかりしている叔母が、これほど下着に気を遣っているとは意外だった。

（こんなに持ってるんだ）

その量に感心しながら、適当に一枚を抜きだしてみる。ラベンダー色のレースのパンティだ。さっそく裏返しにして、股布の部分に鼻先を押し当てた。

「ううんっ」

思いきり息を吸いこんで匂いを嗅いだ。だが、洗濯してあるので、柔軟剤の匂いがしただけだった。

（やっぱりダメだよな）

落胆しつつも、パンティを悪戯していると妙な気持ちになってくる。男の服にはない柔らかい生地の感触と、可愛らしい形状が興奮を誘っていた。今、鼻を埋めている股布が、香澄の淫裂に密着しているのだ。

（なんとか、あそこの匂いを嗅ぐことができれば……）

直接、匂いを確かめる方法はないだろうか。

あの夜の匂いは記憶している。なにしろ、衝撃的な初体験だった。匂いだけではなく、あのとき起こったことのすべてを五感が覚えていた。

とりあえず、また香澄がシャワーを浴びているときに脱衣所に忍びこみ、脱ぎたてのパンティの匂いを確認するしかないだろう。新鮮なうちに嗅げば、より強く香るに違いない。

それに上手くいけば、また香澄のオナニーを覗けるかもしれない。

あの真面目な叔母が股間をまさぐっている姿は、淫ら極まりなかった。思いだすだけで、男根がむくむくと膨らみはじめた。

(やば……でも、今なら誰もいないし……)

邪な気持ちが湧き起こる。

思いきってスウェットとボクサーブリーフを膝までおろし、勃起したペニスを剝きだしにした。

周囲を見まわすと、やたらとピンク色の物が目に入る。叔母の部屋で下半身を晒していると思うだけで、かつてない興奮がこみあげてきた。そのままの格好でベッドに腰かけて、右手で陰茎を握り締める。左手に持ったパンティを鼻に擦りつけながら、肉柱をシコシコとしごきはじめた。

「ううッ、香澄さんっ、くううッ」

先日、覗き見たシャワーシーンを思い浮かべて、一心不乱に指をスライドさせる。普通とは違う場所でオナニーしているせいだろうか。瞬く間に快楽が膨張して、陰嚢のなかで精液が暴れはじめた。

「おおおッ、おおおおおッ！」

達するまで、さほど時間はかからなかった。股間が熱くなった直後、勢いよく精液が噴きあがる。欲望の汁は白い放物線を描き、ピンクのベッドカバーに着弾した。

「うわっ、や、やばいっ」

慌ててデスクの上からティッシュを取り、ベッドカバーの精液を拭き取った。

（なにやってんだ、俺……）

七年前のヒントを探すつもりだったのに、ついオナニーしてしまった。なにも発見できず、胸の奥に虚しさだけがひろがっていた。

3

夕飯を調達しようと外出した。

西の空は茜色に染まり、遠くでカラスの鳴き声が響いていた。

康介はジーンズとダンガリーシャツに着替えている。近所の店で、弁当でも買ってくるつもりだった。

潮の香りを嗅ぎながら、通りをぶらぶら歩いていく。コンビニに入って、弁当のコーナーに直行した。

東京だろうと、田舎だろうと、コンビニには同じものが売られている。便利ではあるが、ただそれだけだ。久しぶりに手料理を食べたせいか、味気ないパッケージを目にすると食欲が減退した。

(腹に入れば、なんだっていっしょだ)

自分にそう言い聞かせるが、それでも食欲が湧かなかった。

食わなければ腹が減る。なにも考えずに食べればいい。東京のボロアパートで、いつもそうしていたように……。

結局、なにも買わずに店を出た。すっかり食欲がなくなっている。さて、どうしようと思ったときだった。

「康介くん」

背後から声をかけられて振り返る。すると、そこには香澄が立っていた。

「あ……」

その瞬間、言葉を失っていた。夕日のなかにたたずむ叔母が、あまりにも眩しかった。

まだ夕方の六時前だというのに、手にスーパーの袋をぶらさげている。落ち着いたダークグレーのスーツに身を包み、すっと歩み寄ってきた。

「ず、ずいぶん早いんだね」

平静を装って話しかける。高鳴る胸の鼓動を聞かれやしないか、内心ひやひやしていた。

「ひとりじゃ淋しいでしょ」

香澄はまっすぐ康介の顔を見つめて、手にさげた袋を軽く持ちあげる。微かに微笑んだ彼女の背後で、歩行者用の信号が点滅しており、その先にはスーパーの看板が見えた。

「もしかして……」

「わたしの手料理じゃ、ご不満かしら?」

顎をツンとあげて、軽くにらみつけてくる。生真面目な彼女が、こんなふうにおどけるのは珍しかった。

どうやら、康介のために残業しないで帰ってきたらしい。今朝、冬美が遅くなると話していたのを聞いていたのだろう。意外にやさしいところもあるが、今ひとつなにを考えているのかわからなかった。

「どうしたの?　黙りこんで」

「なんか、びっくりしちゃって」

正直なところ困惑していた。あの夜のことで疑われている当の本人が、晩ご飯を作ってくれるという。素直に喜ぶことができず、頬の筋肉がこわばっていた。

「せっかくだから、少し歩きましょうか」

康介の緊張が伝わったのかもしれない。香澄はそう提案すると、ゆっくり歩きはじめた。

これまで、香澄と二人で外出したことはない。沈黙が心配だったが、断る理由が見つからなかった。

このあたりの散歩コースと言えばひとつだけだ。叔母と肩を並べて、海に向かう道を歩いていく。風が運んでくる潮の香りと、彼女の髪から漂ってくる甘いシャンプーの匂いが混ざり合っていた。

「フユちゃん、遅くなるのかな？」

「そうみたいね」

「い、いい天気だね」

「そうね」

なにか話したほうがいいと思うが、どうしても会話がつづかない。暗くなるのがわかっているので、母のことは話題にしたくなかった。

わずか五分ほどで砂浜に出た。

延々とつづく海岸線には、数万本もの松が茂っている。北東の空を見あげれば、夕日を浴びてオレンジ色に輝く富士山の雄大な姿が見えた。観光地として知られている場所だが、日暮れが迫っているため人影は少なかった。

夕日に染まった砂浜は、そこに立っているだけで物悲しい気分になる。

ここに来るのは久しぶりだった。意識して避けていたわけではないが、なんとなく足が遠のいていた。

両親が離婚してから、母と二人でこの海岸を歩いたことがあった。

十三歳だった康介の手を引いて、母はなにも言わずに歩きつづけた。あまりにも深刻そうで、話しかけることができなかった。

暗くなって戻ると、なぜか香澄が通りに出て待ち構えていた。母のことを叱っていたが、いつもより感情的になっていたと思う。母は神妙に聞いていたが、最後に「香澄ちゃん、ありがとう」と言った。香澄のほっとしたような表情が印象に残っていた。

その叔母は波打ち際を歩いている。

寄せては返す波に視線を向ける横顔が、つらそうに歪んでいた。悲しい出来事でも思いだしたのだろうか。あの日の母といっしょで、話しかけられない雰囲気だった。

(母さん……)

思わず心のなかでつぶやいた。

隣を歩く香澄に、亡き母の姿を重ねずにはいられない。

二人の距離が自然と近くなる。波が打ち寄せる音と、砂を踏みしめる音だけが聞こえていた。

あのとき、母はいったいなにを考えていたのだろう。涙こそ見せなかったが、心のなかで泣いていたのではないか。息子として、なにか言葉をかけるべきだったのではないか。

(それなのに、俺は……)

東京でなにをやっていたのだろう。現実から目を背けて、ただアルバイトに追われる生活を送っていた。

後悔の念が湧きあがってくる。近すぎて気づかなかったのかもしれない。失ってから、大切なものだったと気づいても遅かった。

瞼の裏が熱くなり、鼻の奥がツーンとしてくる。そのとき、隣を歩く叔母と肩が軽く触れ合った。

「康介くん――」

香澄が立ちどまって、なにか言おうとする。しかし、それより早く、康介は彼女を抱き締めていた。

「康介……くん？」

「お、俺……俺……うっ、うぅぅっ」

こらえきれない涙が溢れだす。亡き母を思いだし、こみあげる想いを抑えることができなかった。

叔母のスーツの肩に、顔を埋めて嗚咽を漏らす。香澄はなにも言わず、そっと背中を抱いてくれた。

微かに甘酸っぱい汗の匂いがする。母とは違うが心安らぐ香りだ。背中を擦る手のひらから、温かさが伝わってくる。彼女のやさしさに心まで震えて、なおのこと涙がとまらなかった。

どれくらい時間が経ったのだろう。康介が落ち着くまで、香澄は赤子をあやすように背中をぽんぽんと軽く叩いてくれた。

うつむいたまま頷いた。

「……帰ろうか」

穏やかな声で言ってくれる。康介は目を合わせることができず、うつむいたまま頷いた。

すっかり薄暗くなったなかを、肩を並べて歩いていく。

やはり会話はなかったが、二人を取り巻く空気は、先ほどとは明らかに異なっていた。言葉はなくても心の交流が確かにあった。突発的な出来事とはいえ、香澄が心を開いたのは事実だった。

「すぐに準備するから、康介くんは座ってて」

家に戻ると、香澄は康介を食卓の椅子に座らせた。いっさい手伝わせる気はないらしい。やさしいところがあるので、落ちこんでいる康介を元気づけようとしているのかもしれなかった。

「先に言っておくけど、簡単なものよ」

ブラウスの上にピンクのエプロンをつけてキッチンに立つと、じゃがいもの皮を器用に剝き、玉ねぎやにんじんもあっという間に刻んでいく。意外なことに料理が得意らしい。

仕事をしている印象しかないので、知れば知るほど発見があった。それと同時に、なにも知らなかったことに驚かされた。

(母さんが生き返ったみたいだな……)

普段、髪をほどいていた母も、キッチンに立つときだけは、香澄のように後ろで縛っていた。エプロン姿でキッチンに立っている香澄を見ていると、またしても母の姿を思いだしてしまう。それでも、先ほど泣いたのがよかったのか、心は妙にすっきりしていた。

「できたわよ」

香澄が料理を運んでくる。肉じゃがと味噌汁とご飯。見た目も美しく、じつに食欲をそそる盛りつけだ。短時間でこれだけのものを作るのだから、かなりの腕前だった。

「すごいね」

家庭的な料理を前にして、思わずぽつりとつぶやいた。

「煮こむ時間がなかったから、それなりだとは思うけど」

照れ隠しなのか、香澄は感情を押し殺した抑揚のない声で告げると、いつもの斜め向かいの席に座った。

「どうぞ、食べて」

「じゃ、いただきます」

さっそく味噌汁のお椀に口をつける。途端に深みのある味がひろがり、思わず叔母の顔を見つめた。

「香澄さん、この味噌汁……」

「なに？　怖い顔して」

香澄が訝しげな瞳を向けてくる。そして、味を確認するように味噌汁をひと口飲んだ。

「このお味噌汁がどうかしたの？」

どこもおかしいところはないじゃない、と言いたげな顔だった。

「うん……」

母さんの味と同じだ、と言おうとして言葉を呑みこんだ。

冬美の料理を食べたときも似ていると感じたが、香澄の味付けは完璧なまでに同じだった。

とはいえ、そう言ったところで、香澄が喜ぶとは思えない。それどころか、気を悪くする可能性もあった。昔は仲がよかったらしいが、出戻ってきた母のことをよく思っていなかったのも事実なのだから。

「すごく、旨い」

気持ちはそのままに、当たり障りのない言葉を返していく。おかしな感じになってしまったが、香澄は表情をふっと緩めて頷いた。

「桜子の味に似てるでしょう」

心を見透かしたような言葉だった。康介が言い淀んだのに、香澄が自分から似ていると認めるなんて……。

「わたしたち双子でしょ、子供の頃からなにをするのもいっしょだったの。母親に料理を教わるときもね。だから、味付けもそっくりなの」

香澄が昔の話をするのを初めて聞いた。

なるほど、二人がいっしょに教わったのなら、同じ味になるのは当然かもしれない。でも、それだけではない気がする。なにしろ、二人の味はまったく同じなのだ。この家の姉妹の特別な繋がりが関係しているのではないか。そんな気がしてならなかった。

とにかく、香澄の手料理はおふくろの味がした。

肉じゃがを食べても感想は変わらない。こうして二人きりで食べていると、母といっしょにいるような不思議な気分になった。

「そういえば――」

ふわふわした気持ちを引き締めると、思いきって切り出した。

「さっき、なにを言おうとしたの？」

海岸で香澄はなにかを言いかけたのだが、康介が抱き締めたことで中断してしまった。深刻な顔をしていたので、大切な話だったのではないか。ひょっとしたら、母に関することではないかと気になっていた。

「ごめんね、俺が邪魔しちゃったから」

「なんでもないわ」

そうつぶやく香澄の表情は硬かった。

話すタイミングを失ってしまったのだろうか。なぜか急に素っ気ない態度になり、二度と視線を合わせようとしなかった。

4

康介は明かりを消して、自室のベッドで横になっていた。

香澄はシャワーを浴びている。パンティの匂いをチェックしようかとも思ったが、今夜は行動に移す気になれなかった。

香澄の手料理を食べたことで、幸せな気分に浸っていた。もう少し、この温かい気持ちのままでいたかった。

冬美はまだ帰っていない。送別会を抜けだすことができないのだろう。関係を持ったことでおかしな雰囲気になっていたので、とくに今は康介としては顔を合わせないですむほうがありがたかった。

目を閉じるが、なかなか寝つくことができない。様々なことが、頭のなかをぐるぐるまわっていた。

ようやく、うとうとしかけたときだった。カチャッ、という微かな物音が聞こえて、意識が一瞬にして覚醒した。

(まさか……)

七年前のあの夜の記憶がよみがえる。康介は仰向けのまま身じろぎせず、そっと薄目を開けてみた。

人影がゆっくりベッドに歩み寄ってくる。カーテン越しに差しこむ月光を受けて、シルエットが浮かびあがっていた。髪は後頭部で縛っているらしい。冬美が帰宅した様子はないので、香澄に間違いなかった。

（やっぱり、香澄さんだったのか？）

あの夜とあまりにも似ていた。いったいどういうつもりで、部屋に侵入してきたのだろうか。

香澄はベッドのすぐ横に立つと、康介を見おろしてきた。

嫌でも緊張感が高まっていく。放っておいたら、あのときと同じように股間に手が伸びてくるのではないか。ペニスを好き放題に弄ばれて、勃起させられてしまうのではないか。

不安になる一方で、いまだに忘れることのできない甘美な心地よさがよみがえってくる。

（ダ、ダメだ、もう流されないぞ）

康介は意を決すると、サイドテーブルに手を伸ばして、スタンドの明かりをつけた。

「あっ……」

香澄が小さな声をあげる。康介が寝ていると思いこんでいたのだろう、驚いた様子で立ち尽くしていた。

淡いピンクのパジャマに身を包んでいる。なにか言おうとして唇を動かすが、とっさに言葉が出ないようだった。

「なにやってるんだよ？」

康介が詰問すると、香澄は肩をすくめてたじろいだ。

「な、なにって……」

勝ち気な叔母が今は完全に気圧《けお》されている。

ここで一気に攻めれば、七年前の真相も明らかになるかもしれない。今は圧倒的に有利な立場にある。心の準備はできていないが、このチャンスを利用しない手はなかった。

「俺の部屋に勝手に──」

「康介くん」

さらに詰問を重ねようとしたとき、香澄が言葉を被せてきた。思いのほか強い口調で、今度は康介のほうがたじろいでしまう。

「昼間、わたしの部屋に入ったでしょう？」

スタンドの弱い光のなかで、香澄が表情を引き締めている。

「物が微妙に動いてたのよ。机の上とか」

「うっ……」

康介が言い淀んだ瞬間、形勢は完全に逆転した。フォトフレームを手に取ったのは失敗だった。ベッドに肘をついて半身を起こした状態で、なにも言えなくなってしまう。

「やっぱりそうなのね」

香澄の声は落ち着きを取り戻している。怒っているというより、呆れているという感じだった。

「どうして、黙って入ったりしたの」

「そ、それは……」

七年前のことを調べようとしたのだが、今は言い出せる雰囲気ではない。この流れでは、仮に彼女がなにかを知っていたとしても、聞きだすことはむずかしいだろう。

「掃除をしたんだ……勝手に入ってごめん」

苦しい言い訳だった。実際に掃除をしたのは廊下だけで、部屋のなかは手つかずだ。それでも、そう言い張って誤魔化すしかなかった。

「箪笥のなかまで掃除したの？」

「え……」

なかった。

「並んでる順番が変わってたのよね」

穏やかな口調だが、目つきが鋭くなっている。いよいよ言い逃れはできそうになかった。

「パンティをいじったでしょ」

叔母の唇から「パンティ」という単語が紡《つむ》がれただけでドキリとするが、今は興奮している場合ではない。どうやって謝るのか、どうすれば許してもらえるのか、それが重要だった。

「つ、つい出来心で――」

「ベッドカバーに染みがついてたわ」

謝罪の言葉は、香澄の抑揚のない声に掻き消される。飛び散った精液はすぐに拭き取ったが、ベッドカバーにはわずかな染みが残っていた。まさか、あの小さな痕跡を発見されていたなんて……。

「あの染みがどうやってついたのか、説明してくれる？」

香澄が怒りを露わにして迫ってくる。いや、怒った振りをして、なにかを誤魔化そうとしているのではないか。そんな気もするが、勝手に部屋に入ってパンティをいじったのは事実だった。

（終わりだ……もう完全に終わった）

絶望感に胸を塞がれて、なにも言い返すことができない。この窮地を脱する方法は思いつかなかった。

「わたしの下着を悪戯して、なにをしたの？」

「な、なにをって……」

さすがに口にするのは憚《はばか》られる。香澄もわかっているはずだ。わかっているのに言わせようとしていた。

「いやらしいこと、してたんでしょ」

ベッドサイドに立った香澄が見おろしてくる。冷静なようでありながら、瞳の奥が微かに揺れていた。

「昼間したこと、やってみて」

「……え？」

聞き間違いかと思った。ところが、香澄の瞳はスタンドの明かりを受けて、ぬらりと光っていた。

「まさか……ここで？」

恐るおそる聞き返す。縁を切られても仕方がないと思っていたのに、香澄はなぜか昼間やったことを再現しろと命じてきた。

（本気で言ってるのか？）

実際にやったら怒りだすのではないか。どうするべきか迷ってしまう。

香澄はなにも言わずに見おろしている。目でうながされている気がして、スウェットのウエストに指をかけた。

（いいのか、本当に？）

心のなかで葛藤を繰り返し、彼女の表情を確認しながらスウェットをじわじわおろしていく。

どこかで止めてくれることを期待していたが、香澄はなにも言ってくれない。スウェットを太腿のなかばまでおろして、黒のボクサーブリーフが剝きだしになってしまった。

スタンドのぼんやりした光のなか、香澄は黙って股間に視線を注いでいる。相変わらず無表情で感情が読み取れない。怒っているのか、呆れているのか、それとも嘲笑っているのか、まったくわからなかった。

（や、やるしかないんだ）

静まり返った部屋に、自分の息遣いだけが響いている。追いこまれた康介は、思いきってボクサーブリーフをずりさげた。

柔らかいペニスが露わになる。極度の緊張感に晒されて、情けないほど縮こまっていた。陰毛のなかに埋まってしまいそうなほど小さくなっており、恥ずかしくて逃げだしたくなった。

ところが、香澄は許してくれない。ただ黙って見おろしてくる。瞳でつづけろと命じられているように感じた。

仰向けに寝転がり、股間に右手を伸ばしていく。柔らかい肉茎に触れて、ゆるゆるとしごきはじめる。人に見られながらオナニーするのは、もちろん初めての経験だった。

（なにやってんだ……どうして、こんなことに……）

疑問が次々と湧きあがるが、今は従うしかない。非は自分にある。香澄が許すと言うまで、つづけるしかなかった。

「うぅっ……」

異様なまでの緊張感だ。こんな状況で勃起などするはずがない。いくらしごいても、いっこうにペニスは大きくならなかった。

「わたしの部屋でも、そうだったの？」

香澄が口を開いた。どういうつもりなのだろう。思いのほか穏やかな口調だった。

「そうじゃないわよね。昼間は大きくしたんでしょう?」

「だ、だって……」

「見られて緊張してるのね」

ベッドの脇にしゃがみこみ、至近距離から股間を見つめてくる。くったりしている男根も、懸命にしごく指も、すべてをアップで観察されていた。

「そ、そんなに見られたら……」

「いつもひとりでやってるように、やればいいのよ」

なぜか励ますような口調になっている。香澄は陰茎のすぐ近くから、康介の顔を見あげてきた。

「あ……」

目が合った瞬間、頭のなかが燃えあがる。股間がずくりと疼き、ペニスにも熱が伝わり、勃起の兆しが現れた。ここぞとばかりに指で刺激を与えると、竿の部分が野太く張り硬くなった。

「おっ……おおっ」

腹の底から力が湧きあがってくる。ペニスは雄々しく反り返り、亀頭も水風船のように膨らんだ。

「まあ、こんなに……」

香澄が息を呑むのがわかった。近くで見ているので、なおのこと大きく感じるのかもしれない。目を見開き、言葉を失っていた。

見られていることで緊張して勃たなかったのに、見られたことで一気に勃起するとは不思議なものだ。どういうわけか、彼女の視線がブレーキにもアクセルにもなっていた。

とにかく、今は視線に興奮を煽られている。このチャンスを逃すわけにはいかなかった。

(今のうちに……)

太幹に指を巻きつけると、すかさずシコシコと擦りあげる。叔母に見られる高揚感のなかで、最高の射精を遂げたかった。

「ううっ……ううっ」

ところが、まったく発射する気配がない。先端に透明な液が滲むが、緊張が強すぎて快楽に没頭できなかった。

「や、やっぱり……」

「どうしたの？　手がとまってるじゃない」

香澄が不満げにつぶやいた。つづけるようにうながされても、この状況ではいつまで経っても絶頂に達するとは思えなかった。

「無理だよ、こんなの……」

男根を握ったまま弱音を吐く。もうしごく気にはなれない。これ以上の快感は得られそうになかった。

「仕方ないわね」

手淫を凝視していた香澄が、なぜかベッドにあがってくる。康介の膝にまたがって四つん這いになり、屹立したペニスに顔を寄せてきた。

「ちょ、ちょっと？」

慌てて声をかけるが、叔母はそそり勃った肉柱の向こう側で熱い吐息を漏らしている。瞳がねっとり潤んでおり、さっきまでとは雰囲気が一変していた。もしかしたら、康介の自慰を目の当たりにして、興奮したのかもしれない。

「はぁっ、いやらしい匂い」

香澄が大きく息を吸いこみ、掠れた声を漏らす。そして、両手を男根の付け根にあてがい、いよいよ唇を寄せてきた。

「な、なにを……」

「手伝ってあげる。ひとりじゃ無理なんでしょ？」

ペニスの匂いで昂ったらしく、呼吸が荒くなっている。亀頭に叔母の息が吹きかかり、康介はたまらず腰をよじらせた。

そのとき、四つん這いになった香澄の胸もとが視界に入った。

（あ、あれは……間違いない！）

パジャマの襟ぐりが大きく開いており、深い乳房の谷間が覗いていた。スタンドの弱い光が、かろうじて白い肌を照らしている。ブラジャーが見当たらず、身じろぎするたび双乳が柔らかそうに揺れていた。

間違いなくノーブラだ。香澄はパジャマの下にブラジャーをつけず、甥の部屋に侵入してきたことになる。

（これって、あのときと……）

つい七年前の出来事と重ねてしまう。

あの夜の相手も、パジャマの下はノーブラだった。寝るときはブラジャーをつけない女性が多いと聞いたことがある。それでも、また少し真相に近づいたような気がした。

（これで、もしパンティも穿いていなかったら……）

なんとかして確かめる術はないだろうか。そう考えた直後、叔母の唇が亀頭に覆い被さってきた。

「はむンンっ」

「ちょっ……おおおッ！」

生温かい口腔粘膜に包まれた途端、快感の波が押し寄せてくる。肉厚の唇がカリに巻きつき、そっと締めあげてきた。

（くおっ、こんなことが……くおおっ）

あの夜以来なので、七年ぶりのフェラチオだ。奇しくも初めてのときと同じベッドの上で、人生二度目の口唇奉仕を体験していた。

叔母の肉厚の唇がカリ首にぴったり密着しており、亀頭が完全に呑みこまれている。ぽってりした唇の感触が、あのときにそっくりだ。熱い吐息が吹きかかるたび、ペニスが小刻みにヒクついた。

「くううっ、か、香澄さんっ」

唸りながら呼びかける。すると、香澄は亀頭を咥えこんだまま、上目遣いに見つめてきた。

（こ、この感じは……）

あの夜もこうしてじっくりしゃぶられた。疑惑が深まるが、快楽に押し流されてしまう。

唇が少しずつ滑り、陰茎を呑みこんでいく。たっぷりの唾液をまぶされて、ヌルリ、ヌルリ、としごかれる感触がたまらない。視線が重なったままというのも興奮を煽りたてていた。

「あふンっ……ンふううっ」

「き、気持ち……」

ペニスがすべて口内に収まり、根元を唇で締めつけられる。それだけで快感が膨れあがり、慌てて尻の筋肉を引き絞った。

「うぐぐッ、す、すごい」

休む間もなく、唇が後退をはじめる。肉柱をねぶりあげてカリ首を通過し、亀頭をねろりと吐き出した。

「ンはぁ……気持ちいい？」

唾液まみれの茎胴を手筒でしごきながら、吐息混じりに尋ねてくる。見あげてくる瞳は膜がかかったようになっており、普段の生真面目な香澄とは別人のようだった。

「ねえ、どうなの？」

返事をうながす叔母の声には、なぜか縋《すが》るような響きが混ざっている。甥のペニスをしゃぶったことで昂っているのか、四つん這いになった腰を右に左にくねらせていた。

（あんなに腰を振って、香澄さんも……）

叔母も興奮していると思うと、康介の気持ちも高揚する。唾液まみれの陰茎をしごかれて、思わず腰をよじりたてた。

「き、気持ちいいっ」

「じゃあ、もっとしてあげる」

香澄は目を細めると、亀頭の先端に口づけをする。そして、舌を伸ばし、まるでソフトクリームを舐めるように裏筋に這わせてきた。

「うっ……ううっ」

「ふふっ、可愛い」

この状況を楽しんでいるのだろうか。微かに笑いながら、根元のほうから亀頭に向かって、何度も何度も舌先を滑らせてくる。さらには唇をゆっくり開き、亀頭を再び呑みこんでいった。硬くなった太幹に、ぽってりした唇が密着していた。

「あふううっ」

フェラチオする叔母の顔が、スタンドの明かりに照らされている。

「か、香澄さんが、俺のチ×ポを……」

七年前もこうしてしゃぶり抜いたのではなかったか。そう思いつつ、快楽に流されて、ずっぽりフェラチオされている。香澄も大胆になり、首をゆっくり振りたてていた。

「ンふっ……あふっ……むふンっ」

粘るような首の動きと絶妙の吸引が、たまらない快感を生みだしている。自然と腰が浮きあがり、両手でシーツを握り締めた。

「おおっ、い、いいっ」

思わず口走るが、香澄は首振りのペースを変えることはない。あくまでもゆったりした動きで、ペニスをねぶりつづける。この焦らすようなフェラチオは、あの夜とそっくりだった。

「も、もっと……」

（あのときも……）

もはや頭のなかも快楽で埋め尽くされているが、それでも懸命に思いだそうとする。確か七年前は散々焦らされた挙げ句に、根元まで呑みこまれた状態で吸引された。その衝撃が凄まじく、一気に昇り詰めてしまった。

すでに康介の性感は崩壊寸前まで追いこまれている。最後にどうやって絶頂に導かれるのだろう。欲望にまみれながらも、頭の片隅ではあの夜との共通点を必死に探していた。

「ンっ……ンっ……ンンっ」

香澄はスローペースで首を振っている。スタンドの明かりが、太幹を咥えた彼女の顔を照らしていた。時間をたっぷりかけて、なかなかとどめを刺してくれなかった。

「き、気持ち……くううっ」

焦燥感ばかりが募っていく。柔らかい唇で何度も何度もしごかれて、頭のなかがドロドロに蕩けていた。

「も、もうっ、うううッ、もうイキたいっ」

腰を突きあげながら訴える。すると、ようやく気持ちが伝わったのか、香澄は太幹を根元までずっぷり咥えこみ、猛烈な勢いで吸いあげた。

「あふううううッ！」

「くおッ、い、いいっ、くおおおおッ！」

体がブリッジするように仰け反り、ついにザーメンを噴きあげる。口内でペニスを思いきり脈動させて、大量の欲望汁を注ぎこんだ。

「おおおおッ、ぬおおおおおおッ！」

焦らされた後の絶頂は格別だ。しかも、射精に合わせて吸われるので、快感が二倍にも三倍にも膨れあがる。全身をガクガク震わせながら、香澄の口にたっぷり白濁液を放出した。

（こ、これは……あの夜と……）

あの夜と同じだった。甘ったるい鼻声とぽってりした唇でペニスを包みこむ生温かい感触、それに粘るような動きと魂まで吸引されるような快楽。心だけではなく、体にも刻みこまれていた。

「ンむぅっ……ンっ……うンンっ」

香澄はペニスを深く咥えたまま、喉を鳴らして精液を飲みくだす。そして、さらなる射精をうながすように、尿道口をチロチロと舐めてきた。

（ああっ、気持ちいい、最高だ）

理性が蒸発するほどの快楽だった。

康介はうっとり目を閉じて、口内射精の余韻を味わっていた。もう動く気力はない。それでも、頭の片隅ではあの夜と比べていた。

猛烈な追いこみも含め、フィニッシュまでそっくりだった。最初から最後まで酷似していたが、フェラチオの経験が少なすぎるため断言できない。結論として、疑惑がより深まったとしか言えなかった。

「はぁ……すごく濃いのね」

香澄が瞳を潤ませながらつぶやいた。

顔を火照らせて、パジャマの胸もとを喘がせている。いつの間にかボタンが二つほど外れており、乳房が大胆に露出していた。もう少しで乳首まで拝めそうで、思わず凝視してしまう。すると、熱い視線に気づいて、香澄が恥ずかしそうに肩をすくませた。

「どこ見てるの？」

そう言いつつも、ボタンを留めようとはしない。それどころか、谷間を強調するように腕で柔肉を寄せたりする。

「うおっ……」

思わず目を見開いたとき、一階で物音が聞こえた。

冬美が帰宅したらしい。最悪なことに、いきなり階段をあがってくる。こんなところを見つかったら修羅場になるのは確実だ。こうしている間にも、足音がどんどん近づいていた。

（や、やばいっ）

香澄が素早くベッドからおりて、パジャマのボタンを留めていく。康介はペニスを拭く暇もなく、スウェットとボクサーブリーフを一気に引きあげた。

「コウちゃん、寝ちゃった？」

間一髪だった。ノックもなくドアが開け放たれて、冬美がおぼつかない足取りで入ってきた。

「あれぇ、どうして香澄姉さんがいるの？」

送別会でかなり飲んだのか、呂律《ろれつ》が怪しくなっている。それでも、香澄の顔を見て不思議そうに小首をかしげた。

「それに電気もつけないで」

部屋の照明は消えており、明かりはサイドテーブルのスタンドだけだ。これでは冬美が疑念を抱くのも当然だった。

「なんでもないわ。ちょっと話してただけよ」

香澄は冷静に返すが、冬美は納得している様子はない。何度も首をかしげながら、今度は康介に視線を向けてきた。

「コウちゃん……」

「ご、ごめん、俺、もう眠いから」

上手く誤魔化す自信がなかった。とにかく、この場を切り抜けるしかない。冬美と顔を付き合わせているのは危険だった。

「そう……おやすみ」

冬美は唇を尖らせながらも、そう言って部屋を後にした。

(危なかった……)

ほっと胸を撫でおろすと、香澄がちらりと視線を送ってくる。「二人だけの秘密よ」と言っているようでありながら、潤んだ瞳が物欲しげに見えたのは気のせいだろうか。

部屋から出ていく香澄の背中が、なぜか淋しげだったのが気になった。

第四章　叔母は見ていた――

1

　翌朝、康介は平静を装ってリビングに向かった。

　昨夜はなかなか寝つけなかったが、いったん眠りに落ちると、疲れていたのか朝まで一度も目が覚めることはなかった。

　すでに香澄は食卓についており、朝刊をひろげていた。グレーのタイトスカートに白いブラウスを着ている。土曜日なのに仕事があるらしい。あるいは、家にいづらくて出勤することにしたのか。いつもと変わらない姿だが、纏っている雰囲気は硬かった。

　冬美はキッチンで朝食の支度をしているところだ。今日は仕事が休みなので、暖かみのあるオレンジのフレアスカートに、クリーム色のざっくりしたセーターという部屋着だった。

「おはよう」

普段と同じトーンを心がけて声をかける。

ところが、ふたりともこちらを見ようとしない。小声で「おはよう」と返してくれたが、目を合わせることはなかった。

(だよな……)

昨夜のことを思えば当然かもしれない。

香澄は自分の行動を後悔しているだろうし、冬美は二人の関係を訝っているのは間違いなかった。

食卓についても会話は生まれない。朝だというのに、どんよりと重苦しい空気が漂っていた。

無表情の香澄に、あからさまな仏頂面の冬美。そして、いつもどおりを心がける康介。心持ち室温が低く感じるのは気のせいだろうか。三人とも黙っているが、互いの腹を探り合っていた。

インスタントコーヒーとトーストだけの食事をすませると、康介はそそくさと自室に戻った。

(参ったな……)

ベッドに腰かけた途端、溜め息が溢れだす。おかしなことになってしまった。なぜか、二人の叔母と三角関係のような状態に陥っている。

（こんなことをしている場合じゃないのに……何日もバイトを休んで、なにやってんだろう）

頭を抱えこんだとき、玄関ドアの開閉する音が聞こえた。

香澄が出かけたらしい。これで、この家にいるのは、康介と冬美だけになってしまった。

顔を合わせると面倒なことになりそうだ。昨夜のことを問い詰められたら、上手く切り抜けられるか自信がない。今日はできるだけ部屋に籠もっていたほうがいいだろう。

とにかく、今は七年前のことが気になっていた。

結局のところ、あの夜に康介と交わったのは誰だったのか。自分はいったい誰に童貞を捧げたのか。ずっと母親だと思いこんでいたが、香澄の可能性のほうが高くなっている。

昨夜のフェラチオで、いよいよ疑念が深まった。部屋に侵入してくる雰囲気も似ていたし、なにより口唇奉仕の快楽を体が覚えていた。最後に飲み干してくれた感じもそっくりだった。

(やっぱり、香澄さんなのか?)

そこまで考えて、ふと疑問が湧きあがる。

仮にあの夜の相手が香澄だったとして、だとしたら自分はどうすればいいのか。香澄を問い詰めて謝罪させるのか、それとも怒りをぶつけたいのか。

いや、違う。ただ真相が知りたいだけだ。誰がどういう目的で、あんなことをしたのか。いったい、自分は誰に童貞を捧げたのか。この胸のもやもやを晴らしたかった。

どうすれば真相に辿り着けるのだろう。そんなことを悶々と考えていると、ふいに部屋のドアがノックされた。

「コウちゃん、ちょっといい?」

冬美がドア越しに呼びかけてくる。いつになく硬い声だった。

昨夜のことを訊きに来たのかもしれない。康介はベッドに腰かけたまま、内心身構えていた。

「……なに?」

自然に応じようとするが、どうしても声がこわばってしまう。なにを訊かれても、とにかく最後まで誤魔化すしかなかった。

「話があるんだけど……」

しかし、冬美はドアを開けようとしない。昨夜のことを気にしているのだろうか。

「入っていいよ」

「あの……出てきてくれる？」

この部屋に入るのは抵抗があるのだろうか。康介はベッドから立ちあがって歩み寄ると、気持ちを落ち着けてからドアを開けた。

「わたしの部屋でいいかな？」

冬美が申し訳なさそうに告げてくる。ぽつんと立っている姿が、ひどく淋しげに映った。

「う、うん……」

康介は戸惑いながら頷いた。

昔は冬美の部屋でおしゃべりをしたり、お菓子を食べたりしたが、もうあの頃とは関係が変わってしまった。

なにしろ、一度だけとはいえ身体を重ねているのだ。部屋で二人きりになると思うと、それだけで気が引けてしまう。ましてや、昨夜のこともある。とはいえ、拒むこともできず、彼女の後について廊下を進んだ。

「どうぞ、適当に座って」

部屋に足を踏み入れると、女性らしい甘い香りが漂っていた。途端に懐かしさがこみあげる。そういえば、帰ってきてから、この部屋に入るのは初めてだった。

淡い黄色のカーテンに春の芽吹きを思わせるグリーンの絨毯。ベッドカバーはレモンイエローの地に小花を散らした模様だった。全体的に爽やかな印象を受けるのは、昔と同じだった。

冬美はデスクの椅子を引っ張り出して向きを変えると、あらたまった様子で腰をおろした。なにやら、本格的に話をする体勢だ。

康介は一瞬迷ったが、以前そうしていたようにベッドに座った。柔らかすぎて尻が深く沈みこむ。尻がふわふわしているせいか、ただでさえ落ち着かなかった気持ちが、ますます不安になってきた。

一方の冬美は、自分で声をかけておきながら、思い詰めたように黙りこんでいる。スカートに包まれた太腿の上で、両手を小さく握り締めていた。

「えっと……話って？」

沈黙を嫌って、康介から語りかける。後ろめたさがあるので、無言でいると責められている気がしてしまう。直接なにか言われたほうが、いくらかましな気がした。

「あのね……」

意を決した様子で、冬美がようやく口を開いた。

「じつは……見ちゃったの」

一瞬、ドキリとするが、すぐにそんなはずはないと自分に言い聞かせた。

「み、見たって、なにを？」

懸命に動揺を押し殺して尋ねてみる。緊張のあまり頬がひきつるが、精神力でなんとか抑えこんだ。

「コウちゃんと香澄姉さんが……」

冬美はそこまで言うと、躊躇して下唇を噛み締める。悲痛な面持ちから、重大な秘密を知られている予感がした。

（でも、絶対に見られていないはずだ）

きっと叔母は疑惑を晴らしたいだけで、確信しているわけではない。なにもなかったことにして、このまま押し切るしかなかった。

「な、なにか誤解してるんじゃないかな？」

「でも、夜中に二人きりなんて、おかしいでしょ」

冬美は引きさがろうとしない。年上とは思えない童顔に、疑念の色を浮かべていた。

「本当に話してただけで、なにもやましいことなんてないよ」

そう言い張るしかない。姉妹の間にしこりを残すわけにはいかなかった。

康介は東京に戻るが、叔母たちはこれからもいっしょに暮らしていくのだ。真実を知れば、二人の仲はぎくしゃくしてしまうだろう。

「ウソ、話してただけじゃないでしょ」

「本当だって」

「じゃあ、どうして香澄姉さん、髪をほどいてたの？」

「髪？」

聞き返した直後、胸の奥にもやもやがひろがった。

昨夜、香澄はいつもどおり髪を縛っていた。部屋に侵入してきたときも、フェラチオをしたときも、髪には触れていないはずだ。

「いつも縛ってるのに、ほどいてるなんてヘンだと思ったの。桜子姉さんに間違えられるのがいやで、わざわざ人前ではめったにほどかないようにしてるんだから」

冬美の言葉は具体的で確信に満ちていた。

どうやら、酔っていたから見間違えたというわけでもないようだ。香澄が髪をほどいているのを見たと、自信を持って語っていた。

（ひょっとして……昨日のことじゃないのか？）

どこか話が噛み合っていなかった。

てっきり昨夜のことだと思っていたが、彼女は違う日の話をしているのではないか。確かに香澄はいつでも髪を束ねている。それなのに、髪をほどいていたというのは、いったい……。

「夜中にお手洗いに行こうとしてドアを開けたら、ちょうどコウちゃんの部屋から香澄姉さんが出てきたの」

康介が黙りこむと、冬美は言葉を畳みかけてきた。

慌ててドアを閉めたので、香澄には見つからなかったという。そのとき、髪をほどいていたため、なにかあったのではと疑っていた。

「ちょ、ちょっと待って、それっていつのこと?」

「えっと、コウちゃんがもうすぐ高校三年になるときだったから……」

その言葉で確信する。やはり、七年前のあの夜のことだ。冬美は偶然にも、康介の部屋から出てくる香澄を目撃していたのだ。

(まさか、そんなことが……)

思わず絶句してしまう。まったく予想外の方角から、頭を殴られたような気分だった。

「どうして、そんなこと聞くの?」

「だ、だって……覚えてないから……」

苦し紛れに答えると、冬美はまじまじと目を見つめてくる。本心かどうか探ろうとしているようだった。

「本当に覚えてないの?」

「う、うん……」

衝撃の事実を知って、頭のなかが真っ白になっている。なんとか頷くが、心ここにあらずの状態だった。

あの夜の相手――筆おろしされた相手は、やはり母親ではない。叔母の香澄に、奪われたのだ。そのことがわかり、ほっとしたのと同時に、全身から力が抜けていた。

「あの日から、なんだかコウちゃんのことが気になっちゃって……」

冬美がなにか言っているが、康介には答える余裕がない。まるで抜け殻のようになっており、ほとんど放心状態だった。

「急に男っぽくなったよね。哀愁が出てきたって言うか」

「ああ……」

気のない返事をすると、冬美は椅子から立ちあがり、康介が腰かけているベッドに歩み寄ってくる。すぐ隣に座ると、ダンガリーシャツの腕を摑み、もどかしげに揺すってきた。

「もうっ、聞いてるの？」

「き、聞いてるよ」

なんとか言葉を返すが、頭のなかはボーッとしている。予期せぬ形で真実を知り、まだ心が対応できていなかった。

「あの夜のこと、思い出さないの？」

　再び冬美が尋ねてくる。康介の部屋から香澄が出てくる現場を目撃したが、二人でなにをしていたかは知られていない。ただ、いかがわしいことを行っていたのではと疑っていた。

「それが、さっぱり……」

「ふうん、そう……」

　冬美は納得していないようだが、それ以上は詮索してこなかった。しつこく尋ねても康介が答えないと思ったのか、あるいはたいして興味がないのか、それとも、なにがあったのか確信しているのか……。

「もう聞かない。人には知られたくないこともあるよね」

　やけに静かな声だった。康介の腕を両手で摑んでいるが、もう揺すったりもしない。諦めたように力が抜けていた。

「なんか……ごめん」

　黙っていればいいのに、つい謝ってしまう。

　元気がなくなっていく冬美を見ていると、胸が苦しくなってくる。秘密にしているのが、申し訳ない気持ちになっていた。だが、それでも真実を打ち明けるわけにはいかなかった。

「どうして謝るの？　おかしなコウちゃん」

冬美は気を取り直したようにふっと笑うと、隣に座ったまま身体をこちらに向けてきた。

2

「昨日、自分の気持ちを確信したの」

冬美の口調はいつになく真剣だった。

「コウちゃんと香澄姉さんが、二人きりでいるところを見たら……」

いったん言葉を切ると、覚悟を決めるように小さく息を吞む。そして、康介の目をまっすぐ見つめてきた。

彼女の緊張が伝わってくる。康介は身を硬くして、言葉もなく冬美の顔を見つめ返した。

「ずっと……ずっと好きだった」

「え……フ、フユちゃん」

驚きのあまり言葉に詰まってしまう。薄々は感じていたが、まさかこんなときにストレートに告白をされるとは思わなかった。

実際のところ、叔母と甥が交際するのはむずかしいだろう。仮につき合ったとしても、明るい未来が待っているとは思えない。それは、きっと彼女もわかっているはずだ。だから、悲痛な表情をしているのではないか。

「お願い、なにか言って」

冬美が縋るような瞳を向けてくる。熱い想いが視線を通して、痛いほど感じ取れた。

「お、俺……俺は……」

どうしても返事をすることができなかった。

冬美のことが好きとか嫌いという問題ではない。あの夜のこと、叔母たちとの三角関係、そこに母のことまで入ってきて、頭がいっぱいだった。こうなったら香澄に直接ぶつかるしかない。なにをどうすればいいのかわからないが、香澄と話すことが必要だった。

「ねえ、コウちゃん」

「悪いけど、今は……」

自分で自分の気持ちがわからない。言葉を濁すと、冬美が焦れたように身をよじった。

「やっぱり、香澄姉さんのことが好きなのね」

「違う、そうじゃない」

言葉を被せるように否定する。

七年前のあの夜から、母との間に溝ができた。その溝は最後まで埋まることなく、ついには死に目にも会うことができずに……。

(香澄さんのせいで……)

心がささくれ立つのがわかるが、叔母を嫌いになることはできない。だが、決して許すこともできなかった。

「もうっ、なに考えてるのかわからないよ」

冬美はそう言うなり、もどかしそうに身体を揺する。そして、いきなり康介の肩に手をかけてきた。

「ちょっ……わっ！」

そのままベッドの上に押し倒される。仰向けになった康介に、冬美がまたがる格好になった。

「フ、フユちゃん？」

「こんなことさせるなんて……」

瞳に涙を浮かべて頬を膨らませた顔は、まるで拗ねた少女のようだ。六つも年上とは思えないほど愛らしかった。

「コウちゃんがいけないんだからね」

握り締めた手で、胸板をぽかぽか叩いてくる。

「好き、好きなの……うんんっ」

がばっと覆い被さってきたかと思うと、有無を言わせず唇を重ねてきた。

鼻を鳴らしながら吸いつき、舌先を伸ばして唇を舐めてくる。康介は拒絶できないまま唇を割られて、舌の侵入を許していた。

「あふンンっ」

叔母による強引なディープキスだ。

唾液をたっぷり乗せた柔らかい舌が、ヌルリ、ヌルリ、と口内を舐めまわしてくる。歯茎から頬の内側まで、まるで慈しむように隅々まで愛撫されて、頭のなかが真っ白になっていく。

（キ、キスしてるんだ……）

じつは、これがファーストキスだった。

七年前の初体験のときも、冬美とバスルームで交わったときも、唇を重ねていない。フェラチオは経験しているのに、キスはこれが初めてだ。女性の唇が、これほど気持ちいいものとは知らなかった。

さらには舌を絡め取られて、熱烈に吸いあげられる。想いの強さを証明するように、舌の根が痺れるほど激しく吸引された。

舌の粘膜同士がヌメヌメ擦れ合うと、それだけで気分が高揚する。柔らかい唇の感触も心地いい。可愛い叔母の香しい吐息もたまらなかった。

(ああっ、フユちゃん)

キスだけで勃起していた。

ペニスはボクサーブリーフのなかで熱化して、ジーンズのぶ厚い生地を押しあげている。またがっている冬美の股間に、ちょうど膨らみが当たってしまう。スカートがまくれあがっているので、パンティに直接触れていた。

(こ、こんなこと……舌ってこんなに柔らかいんだ)

すでに理性が蕩けている。心のなかではいけないと思いつつ、甘い唾液を流しこまれると貪るように嚥下した。

「ううんっ……はううんっ」

冬美は両手で康介の頬を挟みこみ、顔を右に左に傾けながら、溶けてしまいそうな舌でディープキスをつづけている。彼女の想いが乗り移ったような情熱的な口づけに、康介の気持ちも引きこまれていった。

(こんなにキスがいいなんて……)

明るい日の光が差しこむ部屋で、舌を深く絡ませている。

唾液を何度も交換して、一体感が深まっていく。思考が麻痺して、心までひとつに溶け合っていくような気がした。

冬美は唇を離すと、今度は首筋に顔を埋めてくる。ついばむようなキスを繰り返し、肌を舐めまわしては吸いあげた。

「コウちゃん……コウちゃん」

うわごとのように名前を呼びながら、叔母が濃厚な愛撫を繰り返している。ダンガリーシャツの襟をずらして鎖骨にしゃぶりつき、唾液をたっぷり塗りつけてきた。

「おおっ……おおおっ」

康介は仰向けになったまま、情けない声を漏らすことしかできない。快感の雨が絶えず降り注いでいる。全身に感じる叔母の体重すらも、快楽を増幅させるスパイスになっていた。

さらに冬美は薄桃色の舌先を伸ばして、首筋から耳の裏にかけてをじっくり舐めあげてくる。皮膚の表面を触れるか触れないかの微妙なタッチで、焦れるような刺激を送りこんできた。

「はああンっ」

「くうッ！」

耳たぶを甘噛みされて、鮮烈な快感がひろがった。途端にペニスがビクッと跳ねあがり、カウパー汁が溢れだす。頭のなかを占めていた様々な想いが、一瞬にして悦楽に埋め尽くされた。

（フユちゃんが、こんなことを……）

男性経験は少ないと思いこんでいたが、ひょっとすると意外と慣れているのだろうか。考えてみれば、冬美はもう三十歳だ。康介が東京に行っている間に、いろいろ体験したのかもしれなかった。

さらに、耳のなかにも舌を這わされて、背筋がゾクゾクするような感覚が突き抜ける。もはや男根は日本刀のように反り返り、透明な汁で全体が包みこまれていた。

心に受けたショックが、愉悦の波に晒されるたびに癒される。叔母の愛撫がもたらす快感が、一時的とはいえすべてを忘れさせてくれた。

「好きなの、こんなに……」

甘い息を吹きかけながら、冬美が熱く見つめてくる。そして、再び唇を重ねてきた。

「あふンンっ」

「フ、フユちゃ……ううンっ」

今度は康介も積極的に舌を絡めていく。両腕を伸ばすと、彼女の首にまわして抱き寄せる。柔らかい舌を思いきり吸いあげて、垂れてくる唾液を次から次へと嚥下した。

「あふっ……あふううっ」

激しくなったディープキスに冬美もしっかり応じてくれる。深く舌を絡ませてくると、頰を挟みこんだ両手の指を耳の穴に入れてきた。

(ああ、最高だ……)

気持ちよかった。耳のなかも感じてしまう。ただただ気持ちよかった。このまま一生、キスをしていたいとさえ思うほどだった。

だが、冬美の情熱はキスだけにとどまらない。唇を離すと康介のシャツをまくりあげる。胸板に唇を這わせて、乳首に吸いついてきた。

「うおッ」

「もしかして、ここも気持ちいいの？」

冬美が舌を使いながら、上目遣いに見つめてくる。乳輪をなぞるように舐めまわし、隆起した乳首に唇を被せて吸いあげた。

「い、いいよ」

「じゃあ、これは？」

前歯で乳首を甘噛みされる。途端に電流を流されたような刺激が、全身にビリビリと伝播した。

「ひぅッ……い、いいっ」

裏返った声が溢れだす。反射的に腰が仰け反り、結果としてジーンズの膨らみで叔母の股間を突きあげる。女体が大きく揺れても、冬美は康介の体にしがみつき、赤子のように乳首を吸いつづけていた。静かな部屋に、チュウウッ、チュパッ、という唾液の弾ける音が響き渡った。

「あむンっ……あふンっ」

「くうッ、も、もうっ」

康介は居ても立ってもいられなくなり、叔母の身体に両手をまわす。そのまま横に転がって、女体を仰向けに押さえつけた。

「ああ、コウちゃん……」

冬美が濡れた瞳で見あげてくる。今度は康介が、叔母の腰にまたがる格好になっていた。

「お、俺も……俺だって」

頭に血が昇り、自分でもなにを言いたいのかわからない。とにかく荒ぶる気持ちにまかせて、セーターとカットソーを強引にまくりあげた。

「きゃっ……」

叔母の唇から小さな悲鳴が溢れだす。康介の荒々しい行為に驚いたらしい。先ほどまでの勢いは影を潜め、一転して怯えた表情になっていた。

白いブラジャーに包まれた乳房が露わになっている。カップに寄せられた双つの柔肉が、牡の欲望を煽りたてる深い谷間を作っていた。呼吸に合わせて乳房が揺れて、引き締まった腹部も波打った。肌はシルクのように滑らかで、眩いほどに白かった。

「や、やさしくして……」

冬美の声が震えている。恐れているのではなく、興奮で上擦っていた。その証拠に、瞳の奥には期待と欲望の炎が揺れている。濡れた瞳で、めちゃくちゃにしてほしいと訴えていた。

「フユちゃんのせいだ……フユちゃんのせいだぞっ」

ブラジャーのカップを一気に押しあげる。張りのある双乳がプルルンッと溢れだし、挑発するように大きく弾む。乳首が尖り勃っており、触れてくれとばかりに存在感を示していた。

「おおおっ、フユちゃんっ」

「ああっ、そんな、はああっ」

いきなり乳首にむしゃぶりつき、舌を這わせて舐め転がす。勃起して硬くなったポッチを舌で弾き、前歯でクニクニと甘噛みした。

「あひっ、ダ、ダメ、噛んじゃ、あああっ」

冬美の唇から甘い声が溢れだす。

両手で乳房を揉みあげながら、執拗に乳首を吸いつづけた。すると、叔母は敏感に反応して身をよじり、康介の頭を掻き抱いてくる。髪のなかに両手の指を差し入れて、たまらなそうな喘ぎ声を振りまいた。

「ああっ、はあああっ」

「こんなに硬くして……ふむううっ」

康介は鼻息を荒らげて、左右の乳首を交互にしゃぶっては、舌で弾いて軽く歯を立てた。

「もっと、やさしく……あああッ」

恨みっぽい瞳を向けてくるが、冬美の唇からは途絶えることなく淫らがましい声があがっている。双つの乳首はさらに充血して硬くなり、乳輪までドーム状に隆起していた。日中の明るい光のなかで見る乳房は、肌のきめ細かさまでよくわかり、夜とは異なる艶かしさがあった。

(乳首が勃起してる、なんていやらしいんだ)

乳房を揉みあげながら、康介の興奮はどこまでも高まっていく。叔母の乳首はピンク色が濃くなり、唾液でヌラヌラと光っていた。

「ああンっ、ねえ……」

彼女の手が康介の下半身に伸びてくる。張り詰めたジーンズの股間に手のひらを重ねて、ゆったり撫でまわしてきた。

「ううっ」

「コウちゃんも硬くなってるよ」

冬美が溜め息混じりにつぶやき、瞳をいっそう潤ませる。

軽く擦られただけでも、腰に震えが走り抜けていく。慈しむような手つきがたまらず、ぶ厚い生地越しだというのに強い快感がひろがった。

「触っても……いい？」

上目遣いに尋ねてきたかと思うと、冬美はジーンズのボタンを外してファスナーをおろしはじめる。どうやら、直に触るつもりらしい。それならばと、康介は彼女を起きあがらせた。

二人はベッドの上で向かい合って座り、互いの服を脱がしていく。

康介は女体に絡みついているセーターとカットソーを首から抜き、ブラジャーを取り去った。さらにはフレアスカートもおろしていく。白くて張りのある太腿と、純白のパンティが張りついた恥丘が露出した。

パンティに手をかけると、叔母は腰をすっと浮かせてくれる。鼻の穴を膨らませながらおろせば、陰毛がうっすらとしか生えていない恥丘が見えてきた。黒い繊毛の下に、縦溝がくっきり透けている。童顔の叔母が少女チックな股間を晒して、腰を恥ずかしげによじった。

「いや……」

口ではそう言いつつも、パンティを抜き取りやすいように、脚を片方ずつ持ちあげてくれた。

すでに康介もシャツを奪われており、上半身裸になっている。ジーンズとボクサーブリーフも引きおろされて、屹立したペニスがブルンッと鎌首を振って飛びだした。

「ああっ、すごい」

冬美が男根を見て溜め息を漏らす。青筋を浮かべて漲る肉柱が、叔母の声を震わせていた。

「こんなになって……コウちゃんも男なのね」

ほっそりとした指を、太幹に巻きつけてくる。さらなる勃起をうながすように、根元を軽くしごいてきた。

「くぅっ……」

康介も喉奥で唸りながら、彼女の股間に顔を寄せていく。すると、冬美も男根に顔を近づけてきた。

もつれ合ってベッドに倒れこむ。自然と逆向きになり、互いの股間に顔を埋める格好になっていた。真上から見れば、勾玉が双つ合わさったような形だ。二人の欲望が一致した結果のシックスナインだった。

「こんなに、いやらしい匂いをさせて……」

鼻先に叔母の秘毛が触れて、チーズを思わせる芳香が漂ってきた。

太腿の間に頭をねじこみ、秘めたる部分を凝視する。サーモンピンクの割れ目は、女の蜜を滴らせてヌラヌラと光っていた。

「濡れてる」

「そんなに近くで……」

息がかかるだけで、二枚の陰唇が物欲しげに蠢き、割れ目から新たな汁が溢れだす。とろみのある透明な華蜜が大量に垂れ流れて、牡を誘う淫らな匂いを撒き散らした。

「どんどん溢れてくるよ」

「も、もう見ないで――あンンっ」

冬美の声を無視して、無我夢中でむしゃぶりつく。舌を伸ばして陰唇を舐めまわし、口に含んで吸いあげた。

「はあッ、い、いきなり、いや、ああああッ」

叔母の唇からあられもない嬌声があがり、男根を強く握られる。その直後、片手が尻にまわされたかと思うと、亀頭をぱっくり咥えこまれた。

「わたしも……はむンンっ」

生温かい感触とともに、腰が震えるほどの快感が突き抜ける。彼女の手のひらがあてがわれている尻肉に、条件反射的に力が入った。

「くううッ、き、気持ち……うぐぐッ」

なんとか快感をこらえようと奥歯を食い縛る。ところが、首をねばっこく振られると、凄まじい愉悦の嵐が巻き起こった。

康介も反撃とばかりに、再び女陰をしゃぶりまくる。花弁の合わせ目を舐めあげては、染み出す蜜を啜りあげ、尖らせた舌先を挿入した。内側に溜まっていた果汁が一気に溢れだす。驚くほど濡れており、康介は喉を鳴らしながらすべてを飲み干した。

「あふううっ……ンふっ……ンふふンっ」

よほど興奮しているのか、冬美の首の振り方が大きくなる。肉棒をしっかり咥えこみ、我慢汁と唾液のヌメリを利用して口唇ピストンを加速させた。

「おおおッ、おおおおッ」

康介も負けじと舌を抜き差しする。膣粘膜を舐めあげては、溢れてくる愛汁で喉を潤した。

「あうッ、ダ、ダメっ、あううッ」

「も、もっとだ、うむううッ」

ぷっくり膨らんだ肉芽に華蜜を塗りつけて、チュウチュウと音を立てて吸いまくる。フェラチオの快感に朦朧としながら、震える腰を抱えこみ、媚肉を徹底的にねぶりあげた。

真っ昼間の叔母の部屋で、シックスナインに没頭する。二人の股間から湿った音が響き、華蜜とカウパー汁の匂いが溢れ返った。

「あむうッ……あむううッ」

冬美も喘ぎながら、猛烈にペニスをしゃぶっている。首を思いきり振りたてて肉竿をしごきあげ、舌も使って亀頭を舐めまわす。根元まで呑みこまれて吸引されると、ついに射精感が襲いかかってきた。

「はむううッ！」

「くおおおッ」

腰に震えがひろがり、玉袋のなかの睾丸がキュッとあがった。

「で、出そうだっ」

股間に顔を埋めたまま、くぐもった声で訴える。康介も力を振り絞って女壺に舌を挿入すると、膣壁をねぶりながら吸引した。

「うむうううッ」

「ひううッ、イ、イッちゃううっ、あむうううッ」

冬美も切羽詰まった声でつぶやき、再びペニスを深々と咥えこんだ。

互いの股間をしゃぶり抜くことで愉悦の海に溺れていく。与えられる快楽が大きければ大きいほど、自然と愛撫に熱がこもる。相乗効果で昇りはじめて、ついには二人同時にアクメの波に呑みこまれた。

「くうううッ、で、出るっ、ぬおおおおおおッ！」

「あむううッ、ううううッ、あうううううううッ！」

康介が女陰をしゃぶりながら、叔母の口内でペニスを震わせて射精する。熱いザーメンを喉奥で受けとめた冬美は、全身を悶えさせてオルガスムスの呻き声を響かせた。

叔母とのシックスナインで達してしまった。

それでも、互いの性器をしゃぶっている。膣口と男根から溢れる体液を啜り合って、禁断の悦びを分かち合った。

3

窓の外は明るかった。

昼の陽光が眩しく、小鳥の囀《さえず》りが聞こえてくる。そんななか、ベッドには全裸の叔母が横たわっていた。

「ハァ……ハァ……」

ペニスから唇を離した冬美が、白いシーツの上で仰向けになっている。息を切らして、エクスタシーの余韻に浸っていた。

差しこむ日の光が、成熟した女体をいっそう白く照らしだす。お椀を双つ伏せたような乳房の頂点では、乳首が自己主張するように硬く充血して尖り勃っている。くびれた腰から臀部にかけてはS字のラインを描いており、太腿はむっちりと肉づきがよかった。

(なんて、綺麗なんだ……)

思わず溜め息が漏れてしまう。

姉のように慕っていた冬美の裸体をあらためて見まわし、康介はまだ唾液が乾いていないペニスをヒクつかせた。目の前に横たわる女体のすべてが眩しく、魅力的に映った。

「すごく……よかった」

冬美が潤んだ瞳で見つめてくる。

叔母は康介を求めていた。視線が重なっただけで、言葉にせずとも彼女の気持ちが伝わってきた。

「う、うん……俺も……」

互いの股間を舐め合って同時に昇り詰めるのは、最高の悦びだった。

射精した直後だというのに、興奮は収まっていない。ペニスは硬度を保ったままで、先端の鈴割れからはカウパー汁が滲んでいた。

（俺は、また……）

迷いがないと言えば嘘になる。なにしろ、相手は叔母だった。その一方で一度も二度も同じだという気持ちもある。それに、いけないことだと思うと、なおさら高揚してしまう。

「ねえ……見てるだけ？」

冬美が甘い声で誘ってくる。

これだけの裸体を前にして、我慢できるはずがない。やさしくて可愛い叔母が、欲情に潤んだ瞳で康介を見つめていた。

「フユちゃんっ」

彼女の下肢を開かせる。秘毛がうっすらとなびく恥丘の下で、サーモンピンクの淫裂が微かに蠢いていた。華蜜が溢れだし、くすんだ色の尻穴まで濡らしている。視線を感じて、放射状の皺がキュッと窄まった。

「ああンっ、ま、待って」

冬美の瞳には戸惑いの色が浮かんでいた。

本当は求めているのに、いざとなると首を振る。バスルームでは自らヒップを差しだしてきたが、康介が積極的になると守りに入ってしまう。案外そうすることで、誘っているのかもしれない。

「やっぱり……わたしたち、こんなことしたら……」

「今さら、なに言ってるんだよ」

欲望が膨れあがっている。一度の射精では満足できない。胸のうちでは葛藤しているが、体は勝手に動いて叔母に覆い被さった。膝を割って腰を割りこませると、亀頭の先端を女陰に押し当てた。

「ああっ」

冬美が眉を八の字に歪めて見あげてくる。康介は視線を絡ませながら、ゆっくり体重をかけてペニスを沈みこませていった。

「あうっ、ダメ……」

「もう我慢できないよ」

「は、入っちゃ……はああンっ」

弱々しい声に獣性が刺激される。完全に攻守が逆転して、康介のほうが積極的になっていた。柔らかい陰唇の感触が、なおさら興奮を誘う。正常位で田楽刺しに貫き、根元までしっかり挿入した。

「はああっ、お、大きい」

戸惑っていた冬美も、膣の奥を圧迫すれば喘ぎだす。黒髪を振り乱して、太幹を咥えこんだ媚肉をうねらせた。

「くうっ、動いてるよ、フユちゃんのなか」

快感を誤魔化すように声をかけると、冬美はいやいやと首を振る。それでいながら、両手を伸ばして康介の腰を抱きかかえてきた。

「ああンっ、ねえ……」

動かしてほしいのだろう、股間を遠慮がちにしゃくりあげる。クチュッ、ニチュッという湿った音が響いて、淫靡《いんび》な空気に拍車がかかった。

ゆったり腰を振りはじめる。シックスナインで射精しているので、すぐに達することはないだろう。まずは媚肉に馴染ませるように、スローペースの抽送を心がけた。

「あっ……あっ……」

冬美の唇が半開きになり、切れぎれの声が溢れだす。男根の抜き差しに合わせて、白い腹が静かに波打っていた。

康介は腰を使いながら、両手で乳房を撫でまわし、指をそっと沈みこませていく。双乳は驚くほど柔らかい。まるで熟れたメロンの果肉のように、指先を呑みこんでいった。

「はンンっ」

「おっぱい、すごく柔らかいよ」

乳房も感じるらしく、揉みあげるたびに吐息が漏れる。媚肉も連動して蠢き、ペニスに絡みついてきた。

「くっ、締まってきた……でも、これからだよ」

女壺のうねりが心地いい。それでも、いくらか経験を積んだので、まだ余裕がある。乳房を揉んでいる指を徐々に頂点に近づけて、すでに尖っている乳首をふいに摘んだ。

「はああンっ」

冬美が全身を仰け反らせて、切なげな喘ぎ声を響かせる。そして、激しいピストンを求めるように、股間を突きあげてきた。

「そんなにしたら……くおおっ」

男根がより深い場所まで沈みこみ、亀頭が膣の行き止まりに到達する。刺激を受けた膣襞がザワめき、ペニスをさらに締めあげた。

「す、すごい……うむむっ」

快感曲線が一気に跳ねあがる。男根に巻きつく媚肉がうねり、康介から余裕を奪っていく。全身の毛穴がいっせいに開き、汗がどっと噴きだした。

「き、気持ちいいいっ」

「はううっ、コウちゃんが奥まで来てる」

感じているのは冬美もいっしょだ。

叔母の瞳が焦点を失っている。快楽に溺れて理性が飛んでいるらしい。閉じることのない唇の端から、透明な涎が溢れている。膣の奥から新たな華蜜が分泌されて、結合部はお漏らしをしたように濡れそぼった。

「あああっ、も、もう、ねえ……」

冬美が切羽詰まった様子で見あげてくる。股間をグリグリ押しつけて、さらなる刺激をねだってきた。

「よ、ようし……おおっ、おおおっ」

康介の性感もきわどいところまで高まり、懸命に尻の筋肉を引き締める。悶える叔母を見おろして、腰を力強く振りたてた。

「ああッ、い、いいっ、あああッ」

「フユちゃん、くおおッ、フユちゃんっ」

「もっと、もっと奥までぇっ」

冬美は両腕を伸ばすと、康介の首に巻きつけて強く引き寄せる。胸板が乳房に密着して、押し潰す格好になった。叔母の体温と乳房の柔らかさが伝わり、ますます気持ちが高揚した。

顔が近づき、自然と唇を重ねていく。舌を絡ませながら腰を振り、いきり勃った剛根で、濡れそぼった蜜壺を抉りまくる。上と下で同時に繋がることで、一体感が深まり快感が跳ねあがった。

結合部から響く蜜音が、ますます欲望を煽りたてる。明るい部屋のなかで抱き合い、ピストンをぐんぐん加速させた。

(俺は、フユちゃんと……)

叔母と繫がっているという事実が、異様なまでの高揚感に昇華する。頭のなかが燃えあがり、もはや昇り詰めることしか考えられなかった。

「あフンっ、はふンンっ」

叔母の鼻にかかった声と、甘い唾液の味が興奮を高めていく。禁断の快楽が全身に蔓延《まんえん》して、感度がきわどいところまでアップした。

「はああぁッ、す、すごいっ、すごいのぉっ」

唇を離した途端、あられもないよがり声が響き渡る。冬美はより深い挿入を望んで、両脚を康介の腰に巻きつけてきた。

「おおおッ、す、吸いこまれる、うおおおッ」

女壺の吸引に負けないように、気合いを入れてピストンする。康介が腰を振るたび、女体が大きく揺れた。ペニスが奥の奥まで突き刺さり、鋭く張りだしたカリが膣壁を擦りあげた。

「あああッ、いいっ、いいっ」

「お、俺も、くううッ、き、気持ちいいっ」

二人して快感を訴えて、股間と股間をぶつけていく。首筋を舐め合い、耳のなかに舌を這いまわらせる。そうしながら、より高い場所を目指して、一心不乱に粘膜同士を擦り合った。

「はああッ、も、もうダメっ、あああああッ」

「くおおおッ、で、出そうだっ」

最後の瞬間が近づいている。アクメの大きな波が、轟音を立てて急激に押し寄せてきた。

「はああッ、い、いいっ、イクッ、イクイクううううッ！」

「もう出るっ、おおおッ、ぬおおおおおおッ！」

ついに絶頂の嵐に呑みこまれる。凄まじい快楽の暴風雨に巻きあげられて、全身が浮遊感に包まれた。身も心も天高く舞いあがり、頭のなかを真っ白にしながら、ただただ快楽だけを享受した。

熱い媚肉に包まれて、ペニスが脈動を繰り返す。ザーメンを大量にドクドクと注ぎこみ、康介は意識朦朧とした状態で女体に覆い被さった。

「はああっ……」

冬美も呆けた声を漏らしている。

なかば意識を失っているのか、全身から力が抜けていた。それでも、女壺だけは収縮して、男根を思いきり締めつけている。最後の一滴まで絞りだすように、ゆっくり蠕動《ぜんどう》していた。


二人の息遣いだけが、明るい部屋のなかに響いている。

康介と冬美は全裸のまま、ベッドの上に並んで横たわっていた。

頭の芯まで痺れており、気怠い心地よさが全身にひろがっている。最高の快楽だったが、絶頂の余韻が醒めてくるにつれて、気まずさがすこしずつこみあげてきた。

「コウちゃん……」

先に口を開いたのは冬美だった。

「コウちゃんにとって、香澄姉さんは特別な女性なのよね」

そのひと言にどきりとする。思わず隣を見やると、冬美は瞳に涙をいっぱい湛えていた。

「仕方ないよね……姉さんは今でも若くて綺麗だもの」

「ちょ、ちょっと待って」

「ううん、見てたらわかるよ。帰ってきてから、ずっと香澄姉さんのことばっかり気にして……淋しかった」

さりげなく康介のことを観察していたらしい。明るく振る舞いながらも、密かに気にしていたのだろう。

康介はあの夜の相手が、香澄ではないかと疑っていた。そのため、香澄のことを知りたくて、いろいろ尋ねたのも誤解を与えた原因だ。康介が香澄に好意を持っているのだと勘違いさせてしまった。

しかも、冬美は七年前のあの夜、香澄が康介の部屋から出てくるところを目撃していた。二人の間になにかあると思うのは、当然の流れだった。

「そうじゃないんだ……違うんだよ」

本当のことは話せない。香澄が夜這い同然に康介と関係を結んだことを知れば、きっと姉妹の仲に亀裂が入ってしまう。そんな事態だけは、なんとしても避けたい。なにもなかったと言い張るしかなかった。

「いいの、わたしは大丈夫だよ」

冬美は無理をして笑おうとする。ところが、眉は悲しげに歪み、瞳からは涙がこぼれる寸前だった。

「本当に違うんだ」

確かに、香澄のことは気になるが、決して好きなわけではない。とにかく、あの夜の真相を知りたいだけだ。

「俺は別に香澄さんのこと——」

康介の言葉を遮るように、冬美がゆるゆると首を振った。

ひどく淋しげな瞳で見つめられて、急に自分の言葉が薄っぺらく、言い訳じみているような気がした。

康介はそれ以上、言葉を紡ぐことができなかった。

第五章　あの夜、ふたたび

1

翌日、日曜日の午後――。

初七日の法要は、身内だけでしめやかに執り行われた。

僧侶の読経を聞いている間、康介は母のことをずっと考えていた。

様々な気持ちがこみあげてくる。育ててくれた感謝、冷たい態度をとってしまった後悔、死に目に会えなかった罪悪感……。親孝行はできなくても、せめて近くにいてやりたかった。

（ごめん……母さん、ごめんよ）

黒いスラックスの上から自分の膝を強く摑んだ。

隣では黒いワンピースに身を包んだ冬美が、啜り泣きを漏らしている。黒紋付き姿の香澄も、目頭をハンカチで押さえていた。

もらい泣きしそうになるが、ギリギリのところでぐっとこらえる。まだ泣くわけにはいかない。すべてが解決したわけではないのだから。

法要はとどこおりなく終わった。

僧侶が帰ると、ようやく一段落ついた気持ちになる。この日ばかりは冬美も大人しく、香澄も物静かだった。

三人とも、ほとんどの時間をリビングで過ごした。

なんとなくテレビをつけてみたり、新聞を眺めてみたり、文庫本を開いてみたり……。

なにをするわけでもないが、康介は二人の叔母の近くにいた。ひとりになりたくなかった。きっと二人も同じ気持ちだったのではないか。誰もリビングから出ていこうとしなかった。みんな、どこか人恋しかったのだろう。

夕食は出前のそばを頼んだ。

三人とも母の好物だった山菜そばにした。申し合わせたわけではないが、自然とそうなった。

シャワーを浴びた康介は、自室のベッドで横になっていた。

明かりは消しているが目は冴えている。カーテンの隙間から差しこんでくる月明かりが、天井にぼんやりとした光の筋を作っていた。

明日、康介は東京に帰る。

またアルバイト三昧の生活だ。母親を失った悲しみ、胸に穴が開いたような空虚感は、忙しい生活を送っているうちに癒えるのだろう。決して忘れることはないが、少しずつ過去の出来事になっていくに違いない。

でも、あの夜のことは、まだ終わっていなかった。

あの件に関して、康介の時間は七年前からとまったままだ。真相を突きとめなければ、日常にはすんなり戻れない気がした。康介はずっと誤解していたのかもしれない。亡き母のためにも、すべてを解明する必要があった。

(やるしかない……)

確かめるチャンスは今夜だけだ。

冬美が目撃したという話から、あのときの相手は母親ではなく香澄だと、ほぼ確信していた。

いったい、どういうつもりであんなことをしたのか、香澄本人の口から理由を聞きたい。あの夜が康介の人生を狂わせたのだ。うやむやのまま、黙って東京に帰るつもりはなかった。

2

深夜零時過ぎ、康介は自室をそっと抜けだした。

動きやすい短パンにTシャツという軽装だ。電気をつけずに暗い廊下を手探りで進み、隣の香澄の部屋の前に立った。

(よし、いくぞ)

気合いを入れると、ドアレバーにそっと手をかけた。

音を立てないように細心の注意を払いながら押し開く。途端に甘い香りが漂ってきた。

いったん立ち止まり、部屋の暗さに目を慣らす。窓にかかっている淡いピンクのカーテン越しに、わずかな月明かりが差しこんでいた。

息を殺して、室内に足を踏み入れる。壁際のベッドを見やると、布団がこんもり盛りあがっていた。

それが香澄なのは間違いない。一昨日のことが頭を過る。

叔母の部屋に忍びこんだことを実感して、途端に緊張感が高まっていく。それでも、七年前の真相を解明するという大義名分がある。気後れしそうになる自分を、心のなかで叱咤した。

（これをやり遂げないと……）

先日は彼女が康介の部屋に来たが、最後まではしていない。喉がカラカラに渇き、使命感にも似た思いが膨らんだ。

冬美から聞いたことを確認するには、どうすればいいのか考えた。香澄にストレートに尋ねても、とぼけられたらそれでお終いだ。

康介が唯一握っている、あの夜の相手を判別するヒントが、香澄と一致するか確かめるしかない。

たったひとつのヒント、それは愛蜜の匂いだった。

七年経っても忘れるはずがない。熟れた南国のフルーツのように甘ったるい芳香で、牡の本能がどうしようもなく掻きたてられた。あの匂いなら一発で嗅ぎわける自信があった。

ベッドのすぐ脇に歩み寄り、顔を覗きこんだ。

カーテン越しの月明かりが、かろうじて照らしている。仰向けになっているのは、間違いなく香澄だった。睫毛を伏せて、静かに寝息を立てている。普段は後頭部で縛っている髪はほどいてあり、枕の上にひろがっていた。

（似てる……）

髪をおろして目を閉じていると、母にそっくりだった。

だが、怯んでいる時間はない。康介はベッドの脇にしゃがみこむと、意を決して布団の裾に手を伸ばす。起こさないようにゆっくりめくると、足からふくらはぎにかけてが露わになった。さらには、むっちりした太腿が見えてきた。

（おっ……おおっ！）

思わず出かかった声を懸命に呑みこんだ。

薄暗いなかに、白い肌がボーッと浮かびあがっている。驚いたことに、彼女が下半身につけているのはパンティだけだった。

思いがけない姿を目の当たりにして動揺してしまう。それでも、布団を腰のあたりまでめくって、折り返すことに成功した。

「ふぅ……」

小さく息を吐きだし、額に浮かんだ汗を手の甲で拭った。

太腿はぴったり閉じられており、パンティが張りついた恥丘はふっくらしている。わずかな月明かりの下に浮かびあがった光景はあまりにも煽情的で、思わず呼吸するのも忘れていた。

(よ、よし……)

ここまで来たら、もう後戻りはできない。目的はひとつ、愛蜜の匂いを確かめることだけだ。上半身を被せて、顔を股間に近づける。パンティに包まれた恥丘に鼻先を寄せると、そっと息を吸いこんだ。

「んんっ」

ほのかに甘い香りはするが、愛蜜の匂いかどうかはわからない。

予想はしていたが、やはり濡らすように仕向けて、直に確認するしか方法はなかった。パンティには洗剤や柔軟剤の香りがついているので、まずは脱がすことからはじめなければならない。

(頼むから起きないでくれよ)

心のなかで祈りながら、パンティのウエストにそっと指をかける。じりじりおろしていくと、香澄が微かに身じろぎした。

(やばいっ)

身を低くして動きをとめる。いったんは覚悟したが、香澄が眠りから覚めることはなかった。

どうやら、ぐっすり眠っているらしい。再びパンティを摘んで、引きおろしにかかる。徐々に恥丘が見えて、黒々とした秘毛が溢れだした。

(うおっ!)

途端に胸の鼓動が速くなり、息苦しいほどの緊張感に襲われる。叔母の股間には、陰毛がたっぷり生い茂っていた。この光景を目にしただけでも、ボクサーブリーフのなかでペニスが膨らんだ。

(な、なにを考えてるんだ。匂いを確認しに来たんだぞ)

慌てて自分自身に言い聞かせる。邪な気持ちを抱いている場合ではない。これは、ただの夜這いではないのだ。

慎重にパンティをずらして、脚の上を滑らせていく。そして、ようやくつま先から抜き取ることに成功した。

これで下半身裸になった。なんとか上手くいったが、本当の勝負はここからだ。なんとしても愛蜜の匂いを嗅ぐ。

(やるしかない……やるしかないんだ)

康介を突き動かしているのは使命感だ。自分のなかにある疑念をなんとしても晴らしたかった。

太腿にそっと手のひらをあてがい、さわさわと撫でまわす。起こしてはいけないので、触れるか触れないかの微妙なタッチだ。軽い愛撫でも、じっくり施せば反応はあるだろう。手のひらを、膝から股間に向かって這いあげる。指先で恥丘をそっと撫でて秘毛を弄び、再び膝の近くまでさげていく。

ときおり、ヒクッと反応する。そのたびに手を離すが、香澄が目を覚ます気配はない。それならばと、太腿を少しずつ開かせる。直接、女陰を刺激することができれば、すぐに濡れるだろう。

「ンンっ……」

そのとき、香澄が微かに身をよじって声を漏らした。

慌てて愛撫を中断したが遅かった。叔母は頭を持ちあげると、こちらを見おろしてきた。

「うっ……」

目が合った瞬間、固まってしまう。こういう事態も想定していたが、実際となると瞬時に体が動かなかった。

「なにをしてるの?」

香澄の声は意外なほど冷静だ。なぜか驚いている様子はない。なにかが変だった。

（これは、もしかしたら……）

康介は焦りながらも、頭の片隅で七年前のことを思いだしていた。

あのとき、康介は最初から目を覚ましていたのに、突然の侵入者に戸惑い、すぐに反応できなかった。そして、狸寝入りをつづけた結果、取り返しのつかない事態に発展した。

もしかしたら、香澄も最初から起きていたのではないか。そして、康介がなにをするつもりなのか、観察していたのではないか。

「俺は……」

思いきって口を開く。黙っていてもはじまらない。チャンスは今夜しかないのだから。

「あの夜のことを確認したいだけなんだ」

すると、香澄は薄闇のなかで頬をこわばらせた。

「あの夜って、なんのことかしら？」

とぼけるつもりらしい。七年前と似たこの状況で、思いださないはずがない。

こわばった頬を見れば、嘘を吐いているのは明白だった。

「くっ……」

こうなったら、少々強引にいくしかない。手荒なまねはしたくなかったが、香澄がそういうつもりなら仕方ないだろう。

「この間のお返しだっ」

思いきって布団を剝ぎ取ると、薄い布地に包まれた上半身が露わになった。キャミソールだ。白い生地はシルクだろうか、わずかな月明かりを受けてヌラリと光っている。紐で吊るタイプなので肩が大胆に露出しており、ほっそりした鎖骨と乳房の谷間が覗いていた。

「な、なに?」

香澄がにらみつけてくる。だが、キャミソール姿ではまったく迫力が感じられなかった。

康介は短パンのポケットに入れておいた黒ネクタイを取りだした。母の葬儀と初七日で締めたネクタイだ。いざというときのために用意してきたのだが、まさか本当に使うことになるとは思わなかった。

「俺だって、本当はこんなことしたくないんだ」

叔母に襲いかかり、両手首にネクタイを巻きつけていく。康介の剣幕に圧倒されたのか、香澄はほとんど抵抗してこない。まさかここまでされるとは思っていなかったのだろう。怯んでいる隙に、両手首をひとまとめにして縛りあげた。

「ちょ、ちょっと……」

自由を奪われて、途端に香澄の声が弱々しくなる。母に似た顔が、なにをされるのかと怯えていた。

「すぐに終わるから」

申し訳ない気持ちになるが、途中でやめるわけにはいかない。康介はベッドにあがると、強引に脚の間に入りこんだ。

「な、なにするつもり？」

不安げな香澄の声を無視して、下肢をM字型にぐっと押し開く。薄暗いなかで、叔母の股間が剝きだしになった。

「あっ、いやっ」

「こ、これが……」

思わず息を呑んで凝視した。

おそらく、これが康介の童貞を奪った女陰だ。色まではわからないが、肉厚の二枚の花弁が確認できた。

「み、見ないでっ」

香澄が拒絶の声をあげて身をよじる。だが、康介が怯むことはない。下肢を押さえつけている手を緩めず、叔母の顔をじろりと見やった。

「フユちゃんに見られてもいいの？」

そのひと言で香澄は黙りこみ、懇願するような瞳を向けてきた。

「冬美は関係ないでしょ……」

つぶやく声は消え入りそうなほど小さかった。

ここは自分が不利だ、ということを認めたようなものだ。どうして康介がこんな強引な手段に出たのか、彼女は充分すぎるほど理解している。だからこそ、冬美に見つかることを恐れているのだろう。

「大きな声を出さないほうがいいよ」

康介は念を押すと、股間に顔を寄せていく。淫裂に触れる寸前まで鼻先を近づけると、思いきり息を吸いこんだ。

「んんっ……」

鼻腔に微かな甘い匂いが入りこんでくる。ところが、まだ濡れていないので、よくわからなかった。

「やめて……なにしてるの？」

香澄が抑えた声で尋ねてくる。股間の匂いを嗅がれる羞恥に、腰をもぞもぞと動かした。ネクタイでひとくくりにした両手は乳房の上に置いてある。大きな抵抗はできないはずだった。

「お願いだからやめ——あひッ!」

突然、秘裂を舐めあげたことで、叔母の声が裏返る。鮮烈な快感が突き抜けたのだろう、腰をビクンッと震わせた。

(おおっ、こんなに柔らかいんだ)

熟成された媚肉は、今にも溶けてしまいそうだ。愛撫で濡らせば、確実に匂いを嗅ぐことができる。下から上に向かって滑らせると、押さえつけている内股に痙攣が走り抜けた。

「はンンっ」

叔母は確実に反応している。奇跡のような柔らかさに興奮して、再び肉唇の合わせ目に舌を這わせていく。舌先でくすぐるように軽い刺激を送りこんだ。

「あっ……あっ……」

「声が出てるよ」

康介はそう言いながら、割れ目に唇を押し当てた。柔軟な花弁は簡単に形を変えて、女体が小さく跳ねあがる。確実に反応しているのに、緊張しているのかまだ濡れてこない。

(それなら、つづけるしかないな)

鼻息を荒らげて、ひたすら舌を使う。二枚の肉唇を交互に舐めては、ついばむような口づけを繰り返す。そうやって刺激を与えていると、割れ目が若干ほぐれてきた。

「や、やめて……」

香澄が掠れた声で訴えてくる。ネクタイが巻きついた両手で、康介の頭を押し返してきた。

「くっ……」

もちろん、そんなことで怯むはずもない。康介は太腿を肩に担ぐようにして、両手をしっかりまわしこむ。逃がさないように固定すると、股間に顔を埋めて割れ目に舌先を差し入れた。

「あうンっ、ダ、ダメ」

女壺の浅瀬を舐めまわせば、反応が少しずつ大きくなる。香澄は弱々しい声を漏らして、腰をくなくなとよじらせた。

「ど、どうして……こんなことを？」

「調べてるんだよ。あの夜と同じ匂いかどうか」

康介は股間にむしゃぶりついたまま、けぶる陰毛越しに叔母の顔を見あげた。

「だから、濡らさないといけないんだ」

「匂いって――はンンっ」

挿入した舌を出し入れすると、膣口がうねりはじめる。粘膜を刺激することで、女体に変化が起こっているのは間違いない。膣壁を舐めあげるたび、内腿の痙攣が大きくなった。

「い、いやっ、こんなことされても濡れないわ」

口ではそう言っているが、女壺の奥でクチュッと湿った音がした。その直後、愛蜜がじんわり染み出してくる。舌先に湿り気が伝わり、ほのかに甘い匂いも漂ってきた。

「来たぞ、来た来た」

「あっ、そんな、ああっ」

康介の頭にあてがっている彼女の手には、もはや力が入っていない。それどころか、髪のなかに指を差し入れて、狂おしく掻きまわしていた。

「や、やめて、そんなにされたら……」

濡れてきたことを自覚しているのだろう。香澄は焦った様子でつぶやくが、もう抵抗することはない。抗っても無駄だと諦めているのか、それとも快楽に流されているのか。

いずれにせよ、審判のときが近づいているのは確かだった。

康介は愛撫の手を緩めることなく、舌先で女壷の浅瀬を掻きまわす。媚肉が熱を帯びて、さらに柔らかくなってきた。

（ようし、そろそろ……）

康介はここぞとばかりに、淫裂にぴったり唇を密着させる。そして、思いきり叔母の果汁を啜りあげた。

「うむううっ」

「あっ、ダメ、はううっ」

その匂いを確認しようとしたまさにそのとき、

「そ、そうよ、わたしなの……許して、全部話すから」

香澄が震える唇を開いた。

「どうして、あんなことしたんだよ。香澄さんのせいで、俺はずっと母さんのことを恨んでたんだ」

「ち、違うわ、わたしはただ……」

「誤魔化そうとしたって無駄だ、全部わかってるんだぞ！」

怒りにまかせて陰唇にむしゃぶりつく。割れ目に舌を沈めると、愛蜜を掻きだしては吸いあげる。さらに、クリトリスに吸いつき、唾液と華蜜を塗りつけて転がした。

「ああっ、そこは……はああっ」

香澄の身悶えが大きくなる。感じているのは明らかだ。拘束された両手で康介の頭を抱えこみ、自ら股間を突きだしていた。

「あっ……あっ……ダ、ダメ、お願い」

啜り泣くような声を漏らして、愛蜜を垂れ流す。肉芽は硬く勃起しており、舌で弾くたびに膣口から透明な汁が溢れだした。

（この匂い……この匂いだ）

濃厚な愛汁の香りが、あの夜の記憶をまざまざとよみがえらせる。

当時十七歳だった康介は、フェラチオの快楽に流されて精液を噴きあげた。自分の意思とは無関係に、強引に絶頂へと導かれたのだ。あのときと同じ気持ちを、香澄にも味わわせてやるつもりだった。

「俺も、こうされたんだよ……うむううッ」

肉唇を一枚ずつ口に含んでは、クチュックチュッと舐めまわし、蜜壺に舌を挿入する。できるだけ奥まで舐めまわし、果汁を思いきって吸いあげた。

「ンあああッ、や、やめてぇっ」

香澄の声が大きくなる。康介の頭に両手の指を食いこませて、ついに全身を激しく痙攣させた。

「ダ、ダメっ、あううッ、もうダメっ」

「感じてるのかよ、無理やりやられても感じるんだなっ」

「くうううッ、イ、イクっ、イッちゃうっ、はむうううううッ!」

懸命に下唇を噛んで声をこらえるが、全身に生々しい震えがひろがった。昇り詰めたのは明らかだ。膣口からは大量の愛蜜が溢れて、康介の口をぐっしょり濡らしていた。

(まだだ……まだまだっ)

それでも康介は口を離さない。尖り勃ったクリトリスに吸いつき、舌で転がしまくる。快楽の頂きからおりることを許さず、凄まじいまでの執念で愉悦を与えつづけた。

「ひううッ、ゆ、許して、あううッ、ま、また……あうううッ！」

連続して二度目の絶頂に達すると、頭を抱えこんでいた手から力が抜ける。まるで気を失ったように、汗ばんだ香澄の身体が弛緩した。

「この匂い……」

康介は叔母の股間から顔をあげると、淫汁まみれの口もとを手の甲で拭った。

「ずっと忘れられなかったんだ……ずっと……」

あの夜に嗅いだ愛蜜の匂い。

記憶に残っていたのは、初めてだったからという理由だけではない。母親だと思いこんでいたから覚えていたのだ。罪悪感とともに、深く深く胸の奥に刻みこまれていた。

3

叔母の手首を縛っていたネクタイをほどくと、康介はいったんベッドからおりて部屋の明かりをつけた。

「どうして、あんなことしたの？」

意識して抑えた声で再び問いかける。腹の底では怒りの炎が燃え盛っているが、なんとか精神力でこらえていた。

白いシーツの上に、肌をほんのり火照らせた女体が横たわっている。たっぷりとした乳房と頂点で尖り勃っている乳首が、荒い呼吸に合わせて揺れていた。腹部も波打ち、縦長の臍の穴が蠢いている。恥丘はこんもり膨らみ、情の濃さを表すようにたっぷりの秘毛で覆われていた。

「どうして、あんなことしたんだよ」

康介はベッドの脇に立って、同じ質問を浴びせかける。なんとしても、叔母の口から真相を聞きだすつもりだった。

香澄が仰向けのまま、虚ろな瞳を向けてくる。汗まみれの裸体が、照明の光をぬらぬらと反射していた。

「憎かった……」

一瞬、瞳の奥が暗く光った。

康介が息を呑むと、香澄は睫毛を伏せて静かに息を吐きだした。

「桜子のことが、羨ましくて、羨ましくて……憎かった」

「……どういうこと?」

「だから、桜子が呼ぶみたいに、康介、ってわざと言ったの」

淡々とした口調だった。

もう言い逃れできないと思ったのか、それとも香澄自身、罪悪感を抱えつづけていたのか……。

「わざと、母さんの振りをしたってこと?」

こみあげてくる怒りを抑えて質問する。すると、香澄はこっくりと頷いて身体を起こした。ベッドの上に横座りして、股間の翳《かげ》りを手のひらで覆い、乳房にもそっと手をあてがった。

「就職してすぐ、好きな人ができたの」

意を決したように語りだす。瞳にはアクメの余韻が残っているが、理性の光も戻っていた。

香澄の恋愛の話なら、冬美に教えてもらったことがある。好きな男がいたが、結婚するか悩んだ末に仕事を選んだと言っていた。

「その人、会社の上司で、わたしの初めてを捧げた人だった」

どうして、そんなことまで打ち明けるのだろう。康介は横から口出しせずに、叔母の話に耳を傾けた。

「でも、そういう関係になってから、彼には奥さんがいるって知ったの。それに小さい子供も……」

香澄が好きになった男は、妻子持ちだった。まだ若かった叔母は、そのことを知らずにのめりこんだらしい。

「騙されたと思って、彼のことを責めたわ。そうしたら、妻と別れるから結婚しようって言われて……」

嬉しい気持ちもあったが、戸惑ったという。

「でも、わたしにはできなかった。家族から奪うなんて……」

本当はその男といっしょになりたかった。当時はすべてを捨ててもいいとさえ思った。一時は彼と逃げる覚悟もした。それでも、世間体や両親のことを考えると、どうしても一歩が踏み出せなかった。

「だから仕事をとったの……それなのに、桜子は……」

香澄の口調が重くなる。双子で仲がよかっただけに、いろいろと思うところがあるのだろう。

桜子は仕事よりも愛をとった。

結局は苦労した挙げ句、離婚して実家に戻ってきた。ところが、本人に後悔している様子はなく、康介といっしょにいる姿は幸せそうだった。

「羨ましかった……」

掠れた声でぽつりとつぶやいた。

桜子のような生き方に憧れていたという。自分も愛をとりたかった。でも、桜子のように、男と逃げるほどの勇気はなかった。それができた桜子が、心の底から羨ましかった。

別れた夫が亡くなったときは、さすがに落ちこんでいたが、それでも桜子には康介がいた。ひとり息子の世話をする桜子は幸せそのものだった。そんな、双子の姉のことが羨ましかった。

「だから……」

香澄はそこまで言うと、言葉を呑みこんだ。

「だから……なんだよ」

声が尖っていた。自分の声とは思えないほどだった。康介は返事をうながすように、叔母の瞳を見つめて身を乗りだした。

「だって、仕方ないでしょ……桜子には、康介くんみたいに可愛くて、カッコいい男の子がいて、わたしはひとりのまま……」

普段の冷静さは微塵も感じられない。香澄の声はどこか言いわけがましく、切迫していた。

「だから、あんなことしたのかよ」

ついつい声が大きくなる。

香澄の心情はわからなくもないが、康介はずっと苦しんできた。母子の絆は完全に壊れて、目を合わせることもなくなった。やさしかった母を恨み、最終的には家を飛びだした。

「羨ましくて羨ましくて……めちゃくちゃにしたかったの！」

悲痛な声だった。香澄の瞳には涙が浮かんでいる。反省して、後悔しているのが伝わってきた。それでも、今さら許せるはずがない。

「そんな……そんな自分勝手な理由で！」

無意識のうちに拳を握り締めていた。腹の底から怒りがこみあげてくる。だからといって、殴り飛ばすわけにはいかなかった。

「康介くん……ごめんね」

香澄が消え入りそうな声で謝罪する。その言葉が引き金となり、康介の怒りが爆発した。

「許さない……絶対に許さない！」

4

「きゃっ」

剝きだしの肩を摑むと、シーツの上に押し倒す。香澄は怯えた瞳で見あげてくるが、いっさい抵抗する様子はなかった。

「全部、香澄さんが悪いんだっ」

康介は彼女の腰にまたがり、女体に覆い被さる格好になっていた。

怒りを言葉にすることで、なおさら憤怒の炎が燃えあがる。鏡を見れば、きっと鬼のような形相になっているだろう。頭に血が昇り、全身が燃えあがりそうなほど熱くなっていた。

「今度は俺がめちゃくちゃにしてやる！」

唸り声をあげて、乳房の谷間に顔を埋めていく。柔肉に頰擦りを繰り返し、大きな乳房を両手で思いきり揉みしだいた。

「ああっ……」

指を食いこませて捏ねまわすと、香澄の唇から切なげな声が溢れだす。双乳は蕩けそうなほど柔らかく、康介の乱暴な愛撫をすべて受けとめた。グニグニと形を変えて、指をどこまでも呑みこんでいった。

「香澄さんのせいで、俺と母さんは……クソッ！」

乳首を指の股に挟みこみ、刺激しながら乳房を揉みまくる。香澄は黒髪を振り乱し、悩ましく女体をくねらせた。

「ああンっ、ごめんね……康介くん、ごめんね」

「喘ぎながら謝るなよっ」

双つの乳首を両手の指で摘みあげる。途端に女体が震えて、喘ぎ声が大きくなった。

「はああンっ」

「だから、喘ぐなって言ってるだろ」

「ご、ごめ……あああっ」

「俺は許さないぞ」

唸るように言いながら、乳首にむしゃぶりついていく。すでに充血して硬くなっており、舌で弾くたびに女体がヒクついた。

「あっ……ああっ……」

「こんなに乳首を硬くして、全然反省してないじゃないか」

怒りの炎が鎮まることはない。双つの乳首を交互に舐めしゃぶっては、前歯で甘噛みする。ぶるるっと震えあがる女体の反応を見おろして、さらに怒りを増幅させた。

「なんで感じてるんだよ！」

「ち、違うの……はあああっ」

乳首は充血して桜色が濃くなっている。吸いまくられても、香澄はいっさい抵抗しない。身体の両脇に垂らした手でシーツを摑み、甥の激しすぎる愛撫に耐えていた。

叔母のそんな健気な態度が、康介の欲望に火をつける。香澄に対する密かな想いが急激に膨れあがった。

「本当にごめんね」

「今さら謝られても、もう母さんには会えないんだ！」

康介はTシャツと短パン、それにボクサーブリーフを脱ぎ捨てると、いきり勃った男根を剝きだしにした。そして、叔母の下肢を割り開き、正常位の体勢で重なった。

「これが好きなんだろ」

亀頭を淫裂に押し当てた。執拗に舐めしゃぶったので、たっぷりの愛蜜で潤っている。割れ目に沿って軽くスライドさせるだけでも、クチュッ、ニチュッという湿った音が響き渡った。

「はああンっ」

またしても香澄の唇から甘い声が溢れだす。どうやら、全身の感度があがっているらしい。軽く擦っただけでも、物欲しげに腰を揺らしはじめた。

「あっ……はあっ……」

「誘ってるつもりかよ、そらッ！　これがあのときのチ×ポだっ」

泥濘に亀頭を沈みこませる。ひと息に腰を押しつけて、怒張を根元まで抉りこませた。

「おおおおッ」

「ああッ、入っちゃうっ、はうううッ」

香澄が牝のような声を漏らして腰をよじる。いきなり膣を収縮させて、ペニスを絞りあげてきた。

「くうッ、感じるなって言ってるだろ」

「ご、ごめんね……ああっ、ごめんなさい」

理不尽な叱責にも、香澄は情けない声で謝罪する。あの生真面目でお堅い叔母が、悔恨の涙を滲ませながら見あげていた。

やはり母に似ている。

普段と違って黒髪を後ろで束ねていないのもあるが、弱気になった表情がそっくりだった。

「ち、違う……母さんはおまえみたいな淫乱じゃないぞっ」

怒りにまかせて腰を使う。硬直した肉柱を力強くピストンさせて、媚肉を奥の奥まで責めたてた。

「ああっ……ああっ……っ、強い」

悶える香澄の姿は、息を呑むほど美しい。普段の姿からは想像がつかない艶っぽい表情になっている。女体がくねる様にも、怒りをぶつけているのに惹きつけられた。

「母さんはおまえとは違うんだ……おおおっ」

叔母の顔を見おろしながら、勢いよく男根を抜き差しする。荒ぶる牡の本能にまかせて、腰を思いきり振りたてた。

「あっ、あぁっ……康介くん」

香澄がたまらなそうに女体をくねらせる。頂点で乳首を尖らせた乳房が大きく弾む。くびれた腰から尻にかけての曲線も淫らだった。

「こんないやらしい身体で、あの夜も俺のことを」

襲われただけなら、ここまで憤ることはない。母親だと勘違いしたまま、時間が経過したことが許せなかった。

「どうして、もっと早く教えてくれなかったんだよ」

腰を打ちつけながら問いかける。母が亡くなる前にわかっていれば、またいっしょに暮らすこともできたのに……。

「何度か言おうと思ったけど、やっぱり言えなかった……怖かったの」

「なんだよ、怖いって」

「だって、冷静になったら……」

なにしろ甥を夜這いして、童貞を奪ったのだ。きっと忘れてしまいたい過去だったのだろう。だが、黙っていたことで、康介も香澄自身も苦しみつづけることになった。

「この間、二人で海に行ったときも、言おうとしたけど——あぁあっ」

強く男根を穿ちこみ、叔母の言葉を掻き消した。これ以上、言い訳を聞くつもりはなかった。

ひたすら、怒張したペニスを出し入れする。憤怒をピストンに変えて、女壺を徹底的に抉りまくった。

「あああッ、はあああッ」

香澄はどこまでも乱れていく。この異常とも言える状況でも、成熟した女体は敏感に反応するらしい。明るい照明の下で、深い悲しみの表情を浮かべながら、あられもない喘ぎ声を振りまいていた。

「感じてるのか？　感じてるのかよ？」

腰を叩きつけては詰問する。香澄はもう答える余裕もなく、シーツを握り締めて、熟れた女体を激しくよじらせた。

「あンっ、許して、ああンっ」

「くううッ、こんなに締めつけて……」

蜜壺が思いきり収縮する。ペニスが食い締められて、快感が膨れあがった。絶頂感が迫ってくるが、こんな簡単に解放するつもりはない。康介の鬱屈した気持ちは、鎮まるどころか膨張していた。

香澄が母に似ているから、怒りが倍増するのかもしれない。悶える叔母を見ていると、段々複雑な気分になってきた。

「ち、違う、こんな格好じゃない」

いったんペニスを引き抜くと、香澄の身体をうつ伏せにする。そして、腰を摑んで強引に持ちあげた。

「ああ、こんな格好……」

むっちりした尻を高く掲げた四つん這いになり、叔母の唇から戸惑いの声が溢れだす。甥の前で獣のポーズをとるのは、さすがに羞恥が強いらしい。散々突かれておきながら、振り返った顔は恥じらいに満ちていた。

「淫乱な女には、この格好のほうがお似合いだ」

蔑《さげす》みの言葉をかけると、尻たぶを両手で割り開く。臀裂の狭間にくすんだ色の窄まりが息づき、アーモンドピンクの女陰も丸見えになった。激しくピストンしたため、二枚の花弁は充血して赤くなっている。たっぷりの愛蜜で潤っており、粘着質な光を放っていた。

剛根の切っ先を恥裂に押し当てると、ひと息に貫いていく。太幹は陰唇を巻きこみながら、女壺のなかにずっぷり沈みこんだ。

「はううゥッ！」

香澄は両手で枕を握り締めて、顔を押しつける。尻たぶを感電したように震わせると、くぐもった声を響かせた。

「おおおっ、入ったよ、香澄さんのなかに」

「ふ、深い……あううっ」

「思い出したか？　あのときは香澄さんが上だったから、ちょっと感じが違うかもしれないけどね」

膣口が大きくひろがり、硬直した肉柱が深く埋まっている。竿に密着した陰唇が、意思を持った生き物のように蠢いていた。その上に見える肛門はキュッと縮まり、力んでいるのがわかった。

「おおっ……おおおっ」

両手の指を柔らかい尻たぶに食いこませる。鷲掴みにして、まずはゆったり腰を振りはじめた。

「はンンっ、う、動かないで」

香澄が腕を腕を突っ張り、枕から顔をあげる。滑らかな背中を反らして、双臀を左右にくねらせた。

「こんなにお尻を振って、血の繋がった甥のチ×ポがそんなにいいの？」

意地の悪い言葉を投げかけながら、腰をスローペースで振りつづける。すぐに射精して終わらせるつもりはない。叔母をとことんまで責めたてなければ、積もりに積もった鬱憤を晴らすことはできない。

「俺のチ×ポがそんなに感じるの？」

「ああっ、意地悪なこと言わないで……」

香澄は悲しげにつぶやくが、喘ぎ声はとめられない。剛根が出入りするたび、尻たぶに痙攣が走り抜ける。女穴から新たな果汁が湧きだし、膣襞のザワつきが大きくなった。

「こんなに締めつけて、どういうつもりだよ？」

「だって、あそこが勝手に……はンンっ」

「くううッ、し、締まるっ」

媚肉が絡みついてくる。淫らな反応を示す女体に苛立ちが募っていく。

この叔母の身体が奪ったのは、康介の童貞だけではない。母との絆まで強奪して、粉々に砕いたのだ。

「こんなときに感じてるんだな」

「ご、ごめんね、ああンっ、康介くん、ごめんね」

香澄が喘ぎ混じりに謝ってくる。それでも蜜壺は男根を食い締めて、奥へ引きずりこむように蠕動していた。

「こんなもんじゃない……こんなもんじゃないぞ」

尻を振って喘ぐ叔母を見ていると、どうしてピストンしているのかわからなくなってくる。怒りのためなのか、快感のためなのか……。苛立ちをぶつけるように、握り締めていた尻たぶを、平手で打ち据えた。

「ああッ！」

パシッと乾いた音が響き渡る。香澄は四つん這いの格好で、全身を小さく跳ねあげた。

「くッ、また締まったぞ、まさかこれで感じたのか？」

今度は意識して、尻たぶに手のひらを打ちつける。またしても、打擲音とともに女体が力んだ。

「た、叩かないで……」

「なに命令してるんだよ、悪いのは香澄さんじゃないか」

康介は腰を使って男根をピストンしながら、左右の尻たぶを交互に叩いた。両手を振りあげて、容赦なく熟れたヒップを打ち据える。ピシッ、パシッ、という音と、叔母の悲痛な声が重なった。

「ひッ、あひッ、い、痛いっ」

「痛いだけじゃないだろ、嬉しそうにチ×ポを締めつけてるぞ！」

連続してヒップを平手打ちする。尻たぶに赤い手形がつくたび、蜜壷の締まりが強くなっていく。

「ひいッ、あひいッ」

黒髪を振り乱し、裏返った嬌声をあげつづける。ただ苦しんでいるだけではない。香澄の声には、確かに喜悦の色も混ざっていた。

「香澄さんが、叩かれて感じるなんて」

「あうッ、言わないで、ひあぁッ」

振り返った瞳が濡れている。もはや感じていることを隠すこともできず、打擲されるたびにペニスを絞りあげてきた。

「ううッ……そらっ、そらっ！」

「ああッ、はああッ、もう叩かないでぇっ」

「き、きつい、ぬうううッ」

もうこれ以上は我慢できそうにない。くびれた腰を摑み、猛然と腰を振りはじめる。怒張を力強く抜き差しして、爛れた媚肉を抉りまくった。

「犯《や》ってやる、犯ってやるぞっ」

「ああぁッ、犯って、奥まで犯ってぇっ」

香澄もこらえきれないといった感じで喘ぎだす。贖罪《しょくざい》のつもりなのか、快楽を求めているだけなのか、自らヒップを突きだし、さらなるピストンをねだりはじめた。

女壺は収縮と弛緩を繰り返し、絶えず愛蜜を分泌させている。くねる背筋が艶かしく、自然とピストンに力が入った。

「か、香澄さんっ、おおおッ」

「ああぁッ、あああぁッ」

体重を浴びせかけるように男根を穿ちこむ。香澄も尻肉を揺らしながら、激しい抽送を受けとめた。

「出してやるっ、香澄さんのなかに」

「ああぁッ、康介くんっ、はあああぁッ」

もはや叔母も拒絶することはない。穢《けが》されるのを望んでいるのか、誘うように喘ぎ声を大きくする。尻穴まで甥の目に晒して、はしたなく媚肉でペニスをねぶりあげていた。

「ぬおおおッ、出すぞっ、ぬおおおおおおッ！」

ついに沸騰した精液が尿道を駆け抜ける。男根が思いきり脈動して、ついに欲望の塊が噴きあがった。

「あああああッ、い、いいっ、イッちゃううっ、イクイクうううッ！」

真相を暴かれた挙げ句、後ろから甥に貫かれているというのに、アクメを告げながら昇り詰めていく。首を跳ねあげることで黒髪が舞い踊り、滑らかな背中が折れそうなほど仰け反った。

締めつけが強く、吸いあげられるようにザーメンを放出する。射精は驚くほど長くつづいた。女体の痙攣も凄まじく、二人はオルガスムスが過ぎ去るまで深く繋がったままだった。

長年蓄積してきた怒りが、凄まじい快楽に掻き消された。一瞬のことだとしても、歯ぎしりするほどの憤怒が消えてなくなった。

「あううっ……はああンっ」

力尽きた香澄が、枕の上に突っ伏した。

康介もペニスを引き抜き、叔母の隣に汗だくの体を横たえる。頭の芯まで痺れきっており、もうなにも考えられない。ただ、鬱積していた気持ちをぶちまけたことで、あの夜の出来事がようやく過去のものになった気がする。

たった一度の射精で、なにかが変わった。

康介のとまっていた時間が、七年ぶりに動きだした。

5

「康介くん……」

遠くから、香澄の声が聞こえてきた。

いつの間にか、うとうとしていたらしい。激しい射精を遂げたことで、全身から力が抜けていた。許されるなら、このまま眠ってしまいたかった。

「うっ……な、なに？」

なかば遠のきかけていた意識が、強引に揺り起こされた。

大量の精液を吐き出して萎えていた陰茎が、生温かい感触に包まれている。腹の底から、快楽がじんわりこみあげていた。

（まさか……）

なんとか目を開けると、重たい頭を持ちあげて己の股間に視線を向ける。その瞬間、一気に意識が覚醒した。

「ちょっ……なにやってるの？」

いつの間にか香澄が脚の間にうずくまり、股間に顔を埋めている。肉厚の唇を開いて、ザーメンと愛蜜にまみれたペニスをしゃぶっていた。

「あふンっ……むふンっ」

口のなかで舌を使い、亀頭や竿を舐めまわしている。湿った音が聞こえて、嫌でも淫靡な気持ちが湧きあがった。

「綺麗にしてあげる」

香澄はペニスを口に含んだまま、くぐもった声で告げると、念入りに舌を這わせてくる。ザーメンをすべて舐め取り、躊躇することなく嚥下した。

「も、もういいよ……ううっ」

康介の声は無視されて、今度は睾丸にむしゃぶりついてくる。玉袋ごと口内に収めると、双つの玉をクチュクチュと転がされた。

「はむうっ……あふンンっ」

「おっ、おおっ……」

情けない声を漏らして、つい快楽に身をまかせてしまう。絶頂の余韻が色濃く残る体に、再び活気が漲ってきた。

「全部、綺麗にしてあげる」

香澄が両脚を持ちあげていく。尻がシーツから浮きあがり、剝きだしの股間が天井を向いた。

「わっ……」

「自分で脚を持って」

そう言われて、思わず自分の膝裏を抱えこんでしまう。脚を大きく開いているため、肛門まで晒した恥ずかしすぎる格好だ。

「な、なにするの？」

「お詫びの印……かな？」

叔母の唇が排泄器官に被さった。ぴったり密着したと思うと、いきなり舌先でチロチロとくすぐられる。放射状にひろがる皺をなぞっては、唾液を垂らして塗りこんできた。

「うおッ、そ、そこは……くおおおッ」

鮮烈な快感が突き抜ける。アヌスを念入りにしゃぶられて、全身が凍えたように震えだす。たまらなくなり、抱えこんだ膝裏に指を食いこませた。

「気持ちいい？　ンむううっ」

窄まりの中心部に舌先があてがわれて、ググッと圧迫される。すると、舐めほぐされた肛門は、いとも簡単に押し開かれてしまう。舌先が内側まで入りこみ、凄まじい快感に襲われた。尻穴に柔らかい舌が入ってくる感覚は、まるで内臓を舐め回されているように強烈だった。しかも、香澄の舌だと思うと、なおのこと興奮は高まっていく。

「おおおおッ！」

舌先の侵入をあっさり許してしまった。アヌスのなかまで舐めしゃぶられて、理性がドロドロに溶けていく。全身の感度がアップして、いつの間にかペニスが棍棒のように屹立していた。

叔母の指が男根に絡みついてくる。アナリングスされながら、唾液まみれの竿をゆるゆるとしごかれた。途端に射精感がこみあげて、先走り液が溢れだす。奥歯を食い縛り、首を左右に振りたくった。

「で、出ちゃうっ、出ちゃうよっ」

「ンふっ、硬いわ……あふンっ」

香澄はアヌスに吸いついたまま、悪戯っぽい瞳を向けてくる。康介と視線を重ねた状態で肛門をしゃぶり、勃起した陰茎を擦りたてていた。

完全に攻守が逆転している。先ほどまで康介が憤怒にまかせて腰を振っていたのに、今は香澄が好き放題にペニスとアヌスを弄んでいた。

しかし、不思議なことに嫌な感じはしない。むしろ、叔母の唇と舌から温かいものすら伝わってくる。心が安らぐようなこの感覚はなんだろう。ずっと、しゃぶられていたいとさえ思っていた。

「ううっ、本当に出ちゃうよ」

康介の声は、自分でも驚くほど素直になっている。もはや憎しみは消え去り、甘えるような響きさえあった。

「あンっ……まだダメよ」

香澄がアヌスから舌を抜き、ペニスからも指を離す。そして、康介の脚をシーツの上にそっと戻した。

「か……香澄さん？」

「お楽しみはこれからよ」

熟した身体を起こすと、康介の股間にまたがってくる。両膝をシーツにつけた騎乗位の体勢だ。そそり勃った男根の真上に、叔母の割れ目が迫っていた。

「もしかして……」

七年前と同じだ。

生唾を呑んで見あげると、彼女は一瞬、不安げな表情になった。

「いや？」

小首をかしげて尋ねてきた瞬間、康介は首を左右に振っていた。

自分で自分の気持ちがわからない。あの怒りはどこに行ってしまったのか。とにかく、誰かにやさしくしたい気分だった。

「いやじゃない……全然、いやじゃないよ」

「ありがとう……康介くん」

香澄は小さな声でつぶやいた。

重たげな乳房を揺らしながら、腰をゆっくり落としてくる。蜜を湛えた淫裂がヌチャッと触れて、亀頭が媚肉の狭間に嵌りこんだ。

「うわっ……うわわっ」

「ああンっ、入ってくる」

濡れそぼった粘膜に、陰茎が呑みこまれていく。

強制的に勃起をうながされて、叔母が勝手にまたがってきた。やはり、七年前のあの夜と同じだ。それでも、腹が立つことはない。むしろ、この状況を楽しんでいた。

「くううっ」

根元まで収まり、股間がぴったり密着する。陰毛同士が絡み合い、一体感がこみあげてきた。

「康介くんの、全部、入ったわ。なんだか、七年前より大きくなったみたい」

香澄がうっとりした瞳で見おろしてくる。胸の奥で燻《くすぶ》っていた様々なものが、先ほどの快感とともにすべて流されていた。

「う、うん……気持ちいいよ」

「嬉しい……ンンっ」

目を細めてつぶやくと、香澄は腰をゆったり振りはじめる。波間を漂う小舟のように、股間を前後に揺らしていく。男根の抜き差しは緩やかだが、密着感が興奮を誘う。心で交わるようなセックスだった。

「ああっ、香澄さん」

思わず両手を伸ばすと、叔母がすっと摑んでくれる。そして、やさしく乳房へと導いてくれた。

　双乳をできるだけソフトに揉みあげる。今にも溶けて流れ出しそうなほど柔らかい。下から支えただけで、指が勝手にめりこんでいく。貴重な美術品を愛でるように、下膨れした柔肉にそっと指を沈ませていった。

「ああンっ、康介くん」

　香澄が濡れた瞳で見おろしてくる。乳房を揉むだけで感じるらしく、腰をくねくねとよじらせた。

「そ、そんなに動いたら……」

「これがいいの？」

　康介の反応に合わせて、腰を動かしてくれる。七年前と同じ騎乗位なのに、まったく違う。ゆったり回転させることで、ペニスが絞りあげられた。

「ううっ……」

「これはどう？」

　胸板に両手を置き、康介の顔を見おろしてくる。その瞳がどこまでもやさしくて、心のなかが温かくなった。

「ううっ、どうして？」

快楽に喘ぎながら、思わず尋ねていた。

「俺、ひどいことしたのに……」

康介の言葉を、香澄は静かに首を振って否定した。なにも言おうとしないが、口もとには微笑を湛えている。見つめてくる瞳の奥には、慈しむような光さえ感じられた。

「ああっ、わたしのなかで、康介くんが硬くなってる。あのときより、ずっと硬い」

ペニスを包みこむ媚肉も柔らかかった。目の前で弾む乳房も、康介の心を癒してくれた。

(もしかして、香澄さん……)

いや、そんなはずはないと心のなかで否定する。それでも、叔母の全身から気持ちが伝わってきた。

――めちゃくちゃにしたかったの！

確かに香澄はそう言った。

それは本心ではあるが、それだけではない。康介を想う気持ちも、多少はあったのではないか。

ていた。

「ここは？　ここも感じる？」

香澄の指が乳首をいじりまわしてくる。もちろんその間も、腰をねちねち使っていた。

「き、気持ちいい……すごくいいよ」

「嬉しい……もっと感じてね」

まるで恋人に向けるような瞳で語りかけてくる、そして、両膝を立てて足の裏をシーツにつけると、M字開脚の大胆な格好になった。

「おおっ」

股間に視線を向けて、思わず目を見張る。白くて滑らかな内腿が剝きだしになっている。秘毛の生い茂った恥丘が、康介の陰毛に擦りつけられていた。

七年前の記憶がよみがえり、目の前の情景と重なった。しかし、あのときの気持ちとは違う温かいものが胸を満たしていた。

「あんまり見ないで……はああンっ」

香澄は掠れた声でつぶやき、腰を上下に振りはじめる。先ほどまでの前後動とは異なり、大きな刺激の波が襲いかかってきた。

「くおおおッ」

濡れそぼった媚肉で、硬直した陰茎をしごきあげられる。目も眩むような快楽が押し寄せて、全身が小刻みに震えだした。

「感じてくれてるのね……」

両手の指先で乳首を転がしながら、ヒップをリズミカルに弾ませる。ペニスがぬぷぬぷ抜き差しされて、快感が大きく膨らんだ。

「ちょ、ちょっと……ぬううッ」

慌てて訴えると、尻の筋肉に力をこめた。

先ほど射精していなければ、一気に追いあげられていたかもしれない。それほどの愉悦が、康介の全身を包みこんでいた。

「ああンっ、わたしもいいわ」

香澄も喘ぎながら腰を振っている。乳首を尖らせた乳房を揺すり、ペニスを奥まで呑みこんでいく。

「あ、当たってる、くううッ」

「康介くんの大きいから……はああンっ」

ヒップを打ちつけるたび、亀頭が子宮口をノックする。奥が感じるのか、香澄の身悶えが大きくなった。

「ああっ、深いところまで来てるの」

瞳を潤ませて、腰の動きを速くする。股間を見おろせば、愛蜜にまみれた肉胴が出入りを繰り返していた。愛蜜の香りも漂ってくる。七年前にも嗅いだ、噎《む》せ返るような甘い香りだ。

「も、もう……ううッ」

様々な想いが複雑に絡み合う。怒りはとっくに消えているが、またしても叔母と交わっている。初めてのときと同じ騎乗位で、じっくりペニスをねぶりまわされていた。

「また、香澄さんと……ううッ、気持ちいい」

「もっと感じていいのよ」

どこまでもやさしい言葉をかけてくる。ときおり腰を回転させて、陰茎を刺激に慣れさせない。そうやって時間をかけて高めてくれた。

「お、俺、もう……」

絶妙な快楽を与えられて、康介は息も絶えだえになっている。女壺のなかでペニスがヒクつき、射精感の波が近づいていた。

「出したくなってきたのね、いいわ、出させてあげる」

香澄の腰の動きが加速する。ヒップを激しく振りたくり、男根を思いきりしごき抜かれた。

「おおおッ、おおおおおッ」

無意識のうちに腰を突きあげる。より深い挿入感を求めて、ペニスを叔母のなかにねじこんだ。

「あああッ、い、いいいっ」

叔母も感じている。甘い喘ぎ声に導かれて上体を起こし、彼女の背中に手をまわす。対面座位の体勢になり、彼女も康介の首に腕をかけてきた。乳房と胸板が密着して、いよいよ一体感が高まった。

「か、香澄さんっ」

「ああっ、康介くん」

互いの名前を呼び合いながら腰を振る。どちらからともなく唇を重ねて、舌も深く絡ませた。

「うんんっ」

「はああンっ」

唾液を味わうことで、なおさら気持ちが盛りあがる。結合部から聞こえる湿った音が大きくなるにつれて、射精感もどんどん膨らんでいく。ディープキスを交わしつつ、粘膜同士を擦り合わせた。

「おおおッ、香澄さんっ」

「あンっ、ああンっ」

康介が首筋を舐めれば、香澄も首にむしゃぶりついてくる。それならばと、耳たぶを甘噛みすれば、彼女は耳のなかに舌を這わせてきた。

すべてが七年前とは違っている。愛撫し合うことで高まり、オルガスムスの急坂を駆けあがっていく。康介が彼女の背中を抱き締めれば、香澄は頭を掻き抱いてくる。もはや、二人は一心同体と言ってもいいだろう。汗ばんだ裸体を密着させると、息を合わせて腰を振りたくった。

「ああぁッ、康介くん、出して、もう出してっ」

「き、気持ちいい、香澄さん、気持ちいいよっ」

あれほど怒っていたのに、今は香澄のことが愛しくてならない。熱い媚肉に包まれて、心の安らぎすら感じていた。

「で、出るっ、出るよっ、おおおッ、うおおおおおおッ!」

快楽が頂点に達した瞬間、腰に痙攣が走り抜ける。無我夢中で股間を突きあげて、沸騰した精液を亀頭の先端から噴きあげた。

「あああッ、なかでビクビクして、あああッ、い、いいっ、もうイキそう、ああああッ、イクっ、イックうううッ！」

子宮口に欲望汁を浴びた衝撃で、香澄も絶頂へと昇り詰める。エクスタシーの嵐にまみれて、くびれた腰をよじらせた。

康介は叔母の背中を強く抱き、二度、三度とザーメンを注ぎこんでいく。ふいに鼻の奥がツンとなる。なぜか目頭が熱くなり、いつしか涙を流しながら射精していた。

「うっ……うぅぅっ」

こらえきれずに嗚咽を漏らすと、香澄がなにも言わずに抱いてくれる。頭をそっと撫でられると、余計に涙が溢れだした。

癒されるセックスがよかったのか、叔母のやさしさに触れたためなのか、それとも、七年分の想いをすべて吐き出したためなのか……。

頭のなかが真っ白になっている。

愉悦にまみれて、全身の筋肉が震えていた。しっかり抱き合ったまま、どちらも離れようとしなかった。

これほど心安らいだのは、幼少期に母親に抱き締められて以来だろう。

いっそのこと、時間がとまってしまえばいい。

頭の片隅でそう思うが、康介の時間は動きだしている。もう、誰にもとめることはできなかった。


翌朝——。

康介は二人の叔母が出勤する前に、家を出ることにした。最後くらいは見送るより、見送られたかった。

玄関でボストンバッグを片手に振り返ると、叔母たちが立っていた。

濃紺のスーツ姿の冬美と、グレーのスーツに身を包んだ香澄。二人とも柔らかい笑みを浮かべていた。

「いろいろ、ありがとう」

あらたまって礼を言うのは照れ臭い。それでも、康介は二人の叔母の瞳を交互に見つめた。

真相がわかったことで、清々しい気分だ。

冬美と香澄も、胸に抱えこんでいたことを康介に伝えたためだろう、いい顔になっていた。

「こっちに帰ってくればいいのに」

冬美が声をかけてくる。微笑を湛えているが、若干、頬がこわばっているように見えた。

「あなたの実家はここだからね」

香澄が穏やかな声で語りかけてくる。平静を装っているが、ほんの少し視線が泳いでいた。

「じゃあ、行くよ」

そろそろバスが来る。こうしていても、名残惜しくなるだけだった。

玄関ドアを開けると、潮の香りがふわっと流れこんできた。心に刻みこまれている故郷の香りだ。

青空の下に足を踏みだした。今度はいつ帰ってくるのだろう。

冬美が言っていたように、こちらで仕事を探してもいいかもしれない。香澄が言うように、康介の実家はここなのだから。

「コウちゃん！」

「康介くん！」

叔母たちの呼ぶ声が聞こえて振り返る。冬美と香澄が、通りまで出てきて大きく手を振っていた。

二人の瞳には涙が浮かんでいる。冬美は顔をくしゃっと歪めて、香澄は指先で目もとを拭っていた。

「もういいよっ、バイバイ！」

胸に熱いものがこみあげてくる。それでも、康介は笑顔で手を振り返した。

会いたくなったら、意地を張らずに帰ってくればいい。その気になれば、いつだって会えるのだから。

二人の叔母に見送られて、今度はいつ帰郷しようか考えながら、軽い足取りでバス停に向かった。

＊この作品は、書き下ろしです。また、文中に登場する団体、個人、行為などはすべて実在のものとはいっさい関係ありません。

二見文庫

二人《ふたり》の叔母《おば》

著者　葉月奏太《はづきそうた》

発行所　株式会社 二見書房
東京都千代田区三崎町2-18-11
電話 03(3515)2311［営業］
03(3515)2313［編集］
振替 00170-4-2639

印刷　株式会社 堀内印刷所
製本　株式会社 村上製本所

落丁・乱丁本はお取り替えいたします。
定価は、カバーに表示してあります。
©S.Hazuki 2015, Printed in Japan.
ISBN978-4-576-15040-6
http://www.futami.co.jp/

蒼井凜花のCA官能シリーズ!!

夜間飛行

入社二年目のCA・美緒は、勤務前のミーティング・ルームで、機長と先輩・里沙子の情事を目撃してしまう。信じられない思いの美緒に、里沙子から告げられた事実——それは、社内に特殊な組織があり、VIPを相手にするCAを養育しては提供し、その「代金」を裏から資金にしているというものだった……。元CA、衝撃の官能書き下ろしデビュー作!

愛欲の翼

スカイアジア航空の客室乗務員・悠里は、フライト中に後輩の真奈から突然の依頼を受ける。なんと「ご主人様」に入れられたバイブを抜いて欲しいというものだった。その場はなんとか処理したものの、後日、その「ご主人様」と対面することになり……。「第二回団鬼六賞」最終候補作を大幅改訂、さらに強烈さを増した元客室乗務員《キャビン・アテンダント》による衝撃の官能作品。(解説・藍川京)

欲情エアライン

過去に空き巣・下着泥棒被害の経験のあるCA・亜希子は、セキュリティが万全だと思われる会社のCA用女子寮に移り住んでいた。ある日、お局様と呼ばれる先輩CAが侵入者に襲われる事件が起き、寮全体が騒然とする。その後事件は意外な展開を見せ……。「第二回団鬼六賞」ファイナリストの元CAによる衝撃の書き下ろし官能シリーズ第三弾!!

二見文庫の既刊本

診てあげる 誘惑クリニック

TACHIBANA, Shinji
橘 真児

会社の指示で、人間ドックを受診することになった健太郎。その病院の検査担当は美人が多く、しかも親身に接してくれるものだからドキドキの連続。心電図では吸盤を付けるときに肌を撫でられ、超音波検査でも暗い密室で女医と二人きり。ローションをいやらしい手つきで塗り広げられ、そのまま「触診」を……。

人気作家による書下し白衣官能！

二見文庫の既刊本

義母の寝室

MUTSUKI, Kagero
睦月影郎

高校一年の昭吾は、父の再婚にともない、36歳の義母・芙美子、一歳年上の義姉・早苗と同居することになった。性への興味が膨らみっぱなしの彼はもう落ち着いてなどいられない。ついに一番の憧憬の相手・芙美子の寝室に忍び込むが、それを発見されて……。官能界一のベストセラー作家による傑作エンターテインメント！